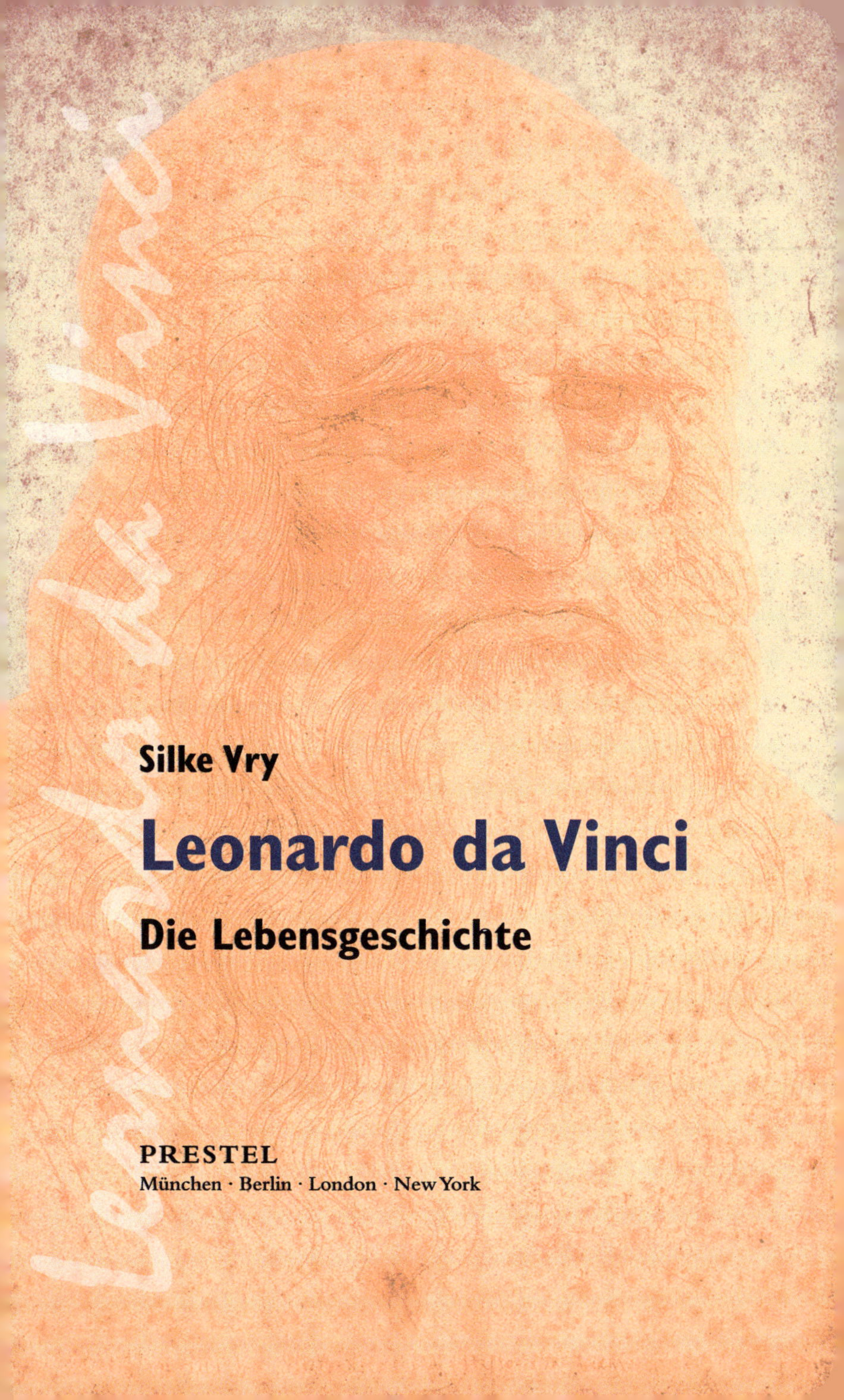

Silke Vry

Leonardo da Vinci

Die Lebensgeschichte

PRESTEL
München · Berlin · London · New York

Inhalt

Reise ins Innere des Menschen

Über den dunklen Domplatz huscht ein bärtiger Mann, Leonardo da Vinci

Florenz 1507: Es ist tiefe, finstere Nacht. Um diese Zeit sind die wenigen Fackeln, die noch am Abend einige Straßen der Stadt in ein flackerndes Licht getaucht hatten, längst erloschen. Über den dunklen Domplatz huscht ein bärtiger, gut gekleideter Mann, Leonardo da Vinci, der sich für einige Tage in Florenz aufhält. Sein schneller Schritt verrät, dass er es eilig hat und dass er sein Ziel und den Weg dorthin ganz genau kennt. Er biegt in eine der schmalen und dunklen Gassen ein, die nördlich des Domes in ein Netz miteinander verwobener Straßen münden. Eilt dann an einigen Männern vorbei, die hier um diese späte Stunde ihren dunklen Geschäften nachgehen. Betritt die Via dei Servi, biegt nach mehreren Metern in die Via Bufalini ein und bleibt nach einigen Schritten vor einem großen Gebäude stehen. Es ist das Ospedale Santa Maria Nuova, das berühmteste Krankenhaus von Florenz, vielleicht sogar von ganz Italien. – Nein, er ist nicht krank, sein Besuch in dem Hospital hat einen anderen Grund.

Leonardo wendet sich nach links, geht ein paar Schritte an dem großen Gebäudekomplex entlang, blickt prüfend zu den

Fenstern des Portals empor, hinter denen er das Flackern einer Lampe erkennt. Wenn irgend möglich, soll niemand etwas von seinem nächtlichen Ausflug mitbekommen oder ihn dabei beobachten, wie er das Krankenhausgebäude betritt. An einem der Seiteneingänge klopft er. Kurz darauf verraten Schritte, dass sich jemand von innen nähert, dann hört Leonardo das Klappern eines schweren Schlüssels im Schloss. Die Tür öffnet sich. Ein Mann begrüßt Leonardo leise und freundlich und lässt ihn eintreten. Wortlos gehen die beiden Männer einen dunklen Gang entlang und erreichen dann einen Innenhof, der von einer brennenden Fackel nur schwach erhellt wird. Hier, im Knochenhof, werden die Gebeine der im Krankenhaus Verstorbenen beigesetzt, all jener, die keine Verwandten mehr haben und auf deren Leichname niemand Wert legt. Der Knochenhof bietet einen trostlosen Anblick: keine Erde, Blumen, Bäume. Stattdessen nichts als Knochen, wohin das Auge blickt. Es ist nicht sein erster Besuch in Santa Maria Nuova, doch jedes Mal läuft Leonardo beim Betreten des Hofes ein Schauer über den Rücken. An seinen vier Ecken steht je ein Skelett, das die Vorbeikommenden aus hohlen Augen ansieht und ihnen ein paar Knochen entgegenstreckt, fast so, als wolle es sagen: »Da, schau her, so wirst auch du einmal enden. Und so wie du bist, war auch ich früher einmal.«

»Da, schau her, so wirst auch du einmal enden. Und so wie du bist, war auch ich früher einmal.

Jährlich sterben innerhalb der Krankenhausmauern rund dreihundert Menschen, das sind im Vergleich zu anderen Krankenhäusern sehr wenige. Die Mehrzahl der ungefähr sechstausend Menschen, die hier jedes Jahr behandelt werden, verlässt das Hospital nicht tot, sondern lebend. Santa Maria Nuova ist kein Haus zum Sterben, sondern ein Ort, an dem sich qualifizierte Ärzte um die Genesung ihrer Patienten bemühen. Es ist zu Leonardos Zeiten bereits über zweihundert Jahre alt, genießt aber trotzdem den Ruf, das modernste Krankenhaus ganz Europas zu sein, und es gilt in vielen Ländern als absolut vorbildlich.

Die beiden Männer gehen weiter. Jenseits des Knochenhofes biegen sie in einen schmalen Gang ein. An seinem Ende befindet sich eine steile Treppe, die sie mehrere Meter in die Tiefe führt. Beim Hinabsteigen strömt ihnen stickige Luft entgegen, die Leonardo fast den Atem verschlägt. Sie betreten das erste Kellergewölbe. An den Wänden des Raumes stehen mehrere riesige Steinwannen, von denen eine bis an den Rand mit Wasser gefüllt ist. Im nächsten Raum entzündet Leonardos Begleiter mit seiner Fackel zwei Lampen, die sich in Halterungen an der Wand befinden und die das große Gewölbe in ein flackerndes Licht tauchen. In dem fensterlosen Raum herrscht ein furchtbarer Gestank.

Begegnung mit einem Toten

Leonardos Begleiter deutet mit der Hand auf einen steinernen Tisch, der in der Mitte des Raumes steht und auf dem ein alter Mann liegt. Er hat die Augen geschlossen, seine Wangen sind eingefallen und im Schein der Fackeln schimmert seine Haut fahl. Er ist tot. Einen Teil seines Körpers bedeckt ein weißes Leinentuch, darunter ist er nackt. Auch sein Leichnam wird in den nächsten Tagen im Knochenhof beigesetzt werden, bis dahin steht er Leonardo zur Verfügung.

Auf die Frage, ob das der Mann sei, den er noch kennengelernt habe, nickt Leonardo und antwortet: »Der Greis erzählte mir, er habe hundert Jahre gelebt und fühle kein Gebrechen im Leib, außer Schwäche. Und wie er so aufrecht in seinem Bett saß, schied er ohne jede Regung, ohne jegliches Zeichen von Ohnmacht aus diesem Leben.«

Der Greis erzählte mir, er habe hundert Jahre gelebt und fühle kein Gebrechen im Leib, außer Schwäche.

Voller Interesse betrachtet Leonardo den alten, knochigen Körper des Mannes und blickt in sein friedliches Gesicht. Fast sieht es aus, als würde der Alte nur schlafen und sich im nächsten Moment von seiner Liege erheben, und doch ist er nicht mehr in dieser Welt. Seit langem schon fragt sich Leonardo, warum einige Menschen in jungem Alter qualvoll sterben, während andere ein langes Leben führen, um dann einen sanften Tod zu finden.

Unter dem Siegel der Verschwiegenheit erlaubt man in Santa Maria Nuova, dass ein Toter Leonardo dabei hilft, die Antwort auf diese Frage zu finden.

Sein Begleiter hat den Raum verlassen und Leonardo ist nun allein mit der Leiche. Er krempelt die Ärmel hoch und legt sein Arbeitsgerät zurecht. Obwohl der vor ihm liegende alte Mann erst seit gestern tot ist, hat die Verwesung seines Körpers schon begonnen, man kann es noch nicht sehen, aber deutlich riechen. Leonardo bemüht sich, möglichst flach zu atmen. Ihm ist schon jetzt übel, er unterdrückt einen Brechreiz und sieht sich um, wohin er notfalls den Inhalt seines rebellierenden Magens entleeren kann. »Obwohl du es liebst, diese Dinge zu tun, wird dich dein Magen vielleicht daran hindern ...«, dieser Satz, schon einmal vor Jahren notiert, geht ihm erneut durch den Kopf.

Er blickt den Alten noch einmal an, voller Ehrfurcht vor der göttlichen Schöpfung. Im Menschen findet Gottes Werk seine höchste Vollendung. So sieht es Leonardo, und so zeigt er den Menschen auch als Wunderwerk, wann immer er ein Bild von ihm malt.

Bevor die zerstörerischen Kräfte der Verwesung weiter voranschreiten, macht sich Leonardo an die Arbeit. Er nimmt das Skalpell in die Hand, setzt es auf der Brust des alten Mannes an und schneidet mit leichtem Druck in das Fleisch des toten Körpers. Glatt und sanft gleitet das scharfe Messer hindurch. Aus dem schmalen Schlitz rinnt etwas dunkelrote Flüssigkeit, langsam und dickflüssig, das Blut eines Toten, dessen Herz schon seit Stunden nicht mehr schlägt. Leonardo klappt die durch die Schnitte entstandenen Hautlappen nach außen, kein Fett, nur Haut und Knochen, der Körper des Toten wirkt wie verhungert. Dann zerteilt er mit einer kleinen Säge das freigelegte Brustbein und biegt mit aller Kraft die Bögen der Rippen auseinander. Er greift ins Innere des kalten Leichnams, legt eine Hand um das Herz des Toten, durchtrennt mit der anderen die daran hängenden Adern und nimmt das bluttriefende Stück Fleisch heraus. Er geht damit in den Nebenraum und taucht es in eine bereitstehende Wanne, bis sich das Wasser darin dunkel verfärbt hat. Dann betrachtet er das weiche Etwas in seiner Hand genauer. Das Herz – ein unförmiger Klumpen, nicht mehr, wie es scheint – und doch vielleicht der Sitz der Seele oder dessen, was den Mensch zum Menschen macht.

« Obwohl du es liebst, diese Dinge zu tun, wird dich dein Magen vielleicht daran hindern …

Blicke unter die Oberfläche

Der Körper des alten Mannes ist nicht der erste Leichnam, in dessen Inneres Leonardo blickt. Schon vor vielen Jahren hat er mit seinen »anatomischen« Studien begonnen und mittlerweile rund dreißig Leichen geöffnet. Einmal hatte er sogar die Gelegenheit, ein totes zweijähriges Kind zu untersuchen. Wie traurig, dass es in diesem frühen Alter gestorben war, aber Leonardo hatte das Innere des kleinen Körpers voller Ehrfurcht betrachtet und es mit größtem Interesse untersucht. Die weichen und elastischen Adern des Kleinen hatten ihn besonders erstaunt und er beschrieb und zeichnete ihr Aussehen ganz genau.

»Anatomie« kommt aus dem Griechischen und bedeutet so viel wie »aufschneiden«. Wer anatomische Untersuchungen macht, zerschneidet, zerstückelt einen Menschen. Zwar sind die Menschen, an denen solche Forschungen betrieben werden, ganz sicher tot, aber trotzdem sind derartige Zerstückelungen nicht immer und überall gerne gesehen. Interesse an dem, was unter der Oberfläche des menschlichen Körpers passiert, haben zu Leonardos Zeiten einige Ärzte und neuerdings auch Künstler. Sogar im Zusammenhang mit dem großen Michelangelo Buonarroti hört man immer wieder von geheimen Leichenöffnungen. Natürlich, auch er will – genau wie Leonardo – die Menschen in seinen Kunstwerken so naturgetreu wie möglich abbilden. Dazu muss ein Künstler wissen, wie es unter der Haut eines Menschen aussieht, wie beispielsweise die Muskeln im Körper verlaufen und wie sie sich bei bestimmten Bewegungen verändern.

> **»Wie bewegen sich Muskeln? Wie sehen Knochen aus und wie arbeiten Verdauungsorgane?**

Seit Leonardo denken kann, will er vor allem eins: unter die Oberfläche eines jeden Gegenstandes blicken. Er will wissen, warum etwas so ist, wie es ist. Und bei allem, was Leonardo tut, steht der Mensch im Mittelpunkt seines Interesses, bei seinen Malereien genauso wie bei seinen wissenschaftlichen Untersuchungen.

Wie lebt das Ungeborene im Mutterleib? Wie bewegen sich Muskeln? Wie sehen Knochen aus und wie arbeiten Verdauungsorgane? Wie funktioniert der Zeugungsakt? Er stellt nicht nur Fragen, sondern er versucht auch, sie zu beantworten. Er zersägt Schädel, quer, längs, in allen Richtungen, und wirft Blicke hinein. Was er sieht, beschreibt er nicht nur mit Worten, wie es einige wenige vor ihm getan haben, sondern er zeichnet alles ganz genau auf. Erschreckend genau. Seine Zeichnungen haben auf ihre Betrachter eine außergewöhnliche Wirkung. Die abgebildeten Organe, die Gehirne, die Muskeln, Augen, Gedärme, Gebärmut-

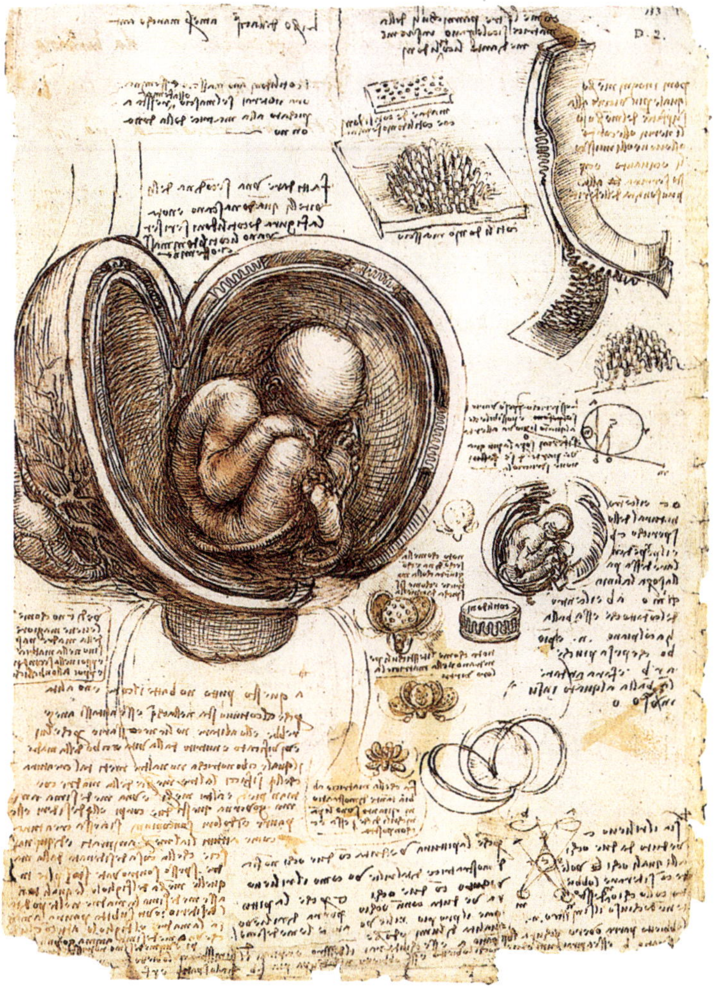

Für diese Zeichnung eines Ungeborenen im Mutterleib blickte Leonardo nicht etwa in das Innere einer schwangeren Frau, sondern studierte die Gebärmutter einer Kuh, in die er einen menschlichen Fötus zeichnete.

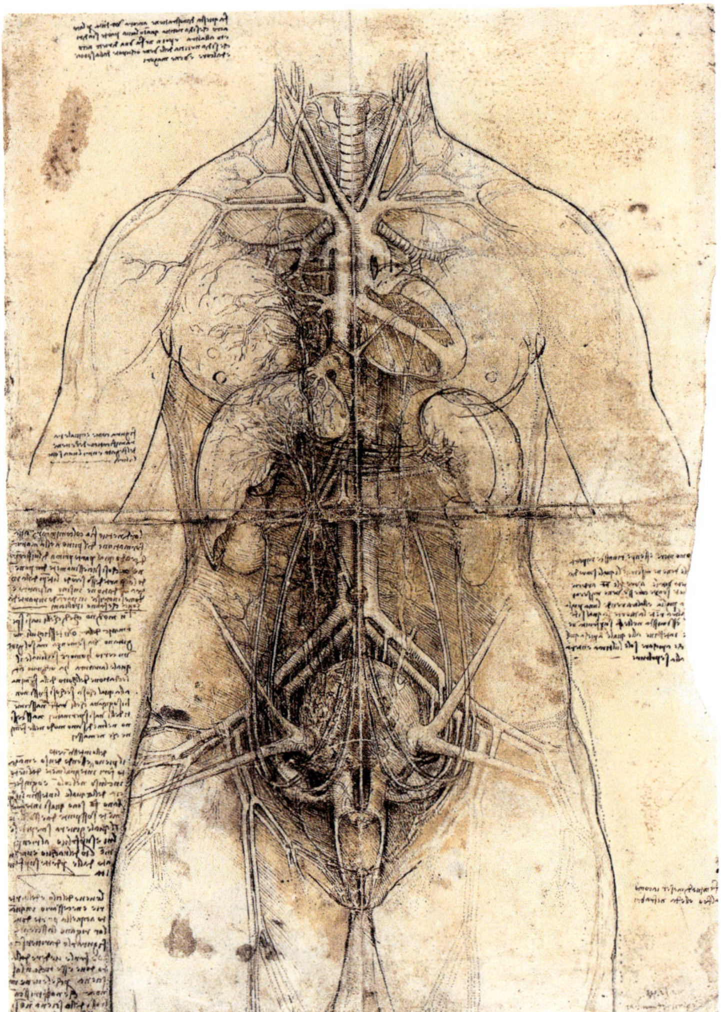

Leonardo zeichnete den Menschen erstmals mit einem »gläsernen Körper«, wie hier, beim Blick auf die weiblichen Brust- und Bauchorgane.

tern und Herzen, wirken echt, zum Greifen nah (Abb. S. 13,14). Einen solchen Blick ins Innere des Menschen hat zuvor noch keiner gewagt. Leonardo schafft den Menschen auf dem Papier noch einmal neu. Er ist nicht nur ein alles durchdringender Beobachter, sondern vor allem Künstler, Schöpfer, der in Bildern denkt und der Gesehenes dokumentarisch festhält.

Das Verbot der Sektion

Menschen aufzuschneiden und ihr Inneres zu untersuchen gilt zu Leonardos Zeit bei den Geistlichen, den Männern der Kirche, noch immer als Gotteslästerung. Der menschliche Körper, ihrer Meinung nach ein Werk Gottes, darf nicht einfach zerstört werden, verspricht und predigt die Kirche doch schließlich, dass die Menschen nach ihrem Tod völlig unversehrt in den Himmel kommen. Die guten zumindest. Wie aber soll das gehen, wenn ihre toten Körper in Teile zerschnitten, verstümmelt und zerfleddert werden, bevor sie dort oben ankommen?

In der Vergangenheit hat man nicht immer so gedacht. Bei den alten Ägyptern und auch bei den Griechen und Römern war es beispielsweise üblich, Tote aufzuschneiden, einen Blick in ihre Körper zu werfen und daraus etwas für die Lebenden zu lernen. Über viele Jahrhunderte hat diese Praxis der Menschheit viel Nutzen gebracht.

Die katholische Kirche sieht das jedoch anders. 1299 stellt Papst Bonifatius VIII. das Zerteilen von Leichen unter die höchste Strafe, die die Kirche überhaupt aussprechen kann: die Exkommunikation. Wer gegen das Verbot des Leichenzerschneidens verstößt, wird aus der kirchlichen Gemeinschaft ausgeschlossen, exkommuniziert, und muss nach seinem Tod für immer in der Hölle schmoren, so die Kirchenmänner.

Wer in diesen Jahren des Mittelalters etwas über das Innenleben eines Menschen erfahren will, muss in alten Büchern nachlesen und sich auf das verlassen, was man bereits zweitausend Jahre vorher zu diesem Thema wusste oder vermutete.

Fast zweihundert Jahre nach Papst Bonifatius' VIII. Verbot der Sektion hat Papst Sixtus IV. das Gesetz gelockert und erlaubt das Zerteilen von toten Menschen, allerdings nur unter der Voraussetzung, dass es den Menschen dient. Wirklich gern gesehen ist es aber nicht, auch dann nicht, wenn es Aufschlüsse über Erkrankungen und deren mögliche Heilung bringen könnte.

» **Die Hülle der Adern verhält sich im Menschen ebenso wie in den Orangen, bei denen die Schale umso dicker wird (...), je älter sie werden.**

Für Leonardo schließlich hängt die Frage, ob er überhaupt eine menschliche Leiche öffnen und von innen betrachten kann, davon ab, ob ihm jemand – heimlich – einen Verstorbenen zur Verfügung stellt. Die Verantwortlichen des fortschrittlichen Krankenhauses Santa Maria Nuova sind auch in dieser Hinsicht offener als andere. Hier betrachtet man Krankheiten vor allem unter medizinischen und wissenschaftlichen Gesichtspunkten. Sogar Leonardo kann hier gelegentlich eine Leiche untersuchen, obwohl er nicht einmal Arzt ist, sondern »nur« ein Maler mit großem Interesse für alle Bereiche des Lebens.

Todesursache: Herzversagen

Seit Jahren erregen Herzen Leonardos Interesse, und die unförmige rote Masse in seiner Hand ist nicht das erste solche Organ, das er in Händen hält. Seine Untersuchungen an frisch Verstorbenen haben ihn Dinge entdecken lassen, die keiner vor ihm je gesehen hat. Leonardo hat beispielsweise erkannt, dass ein »Herz, an seiner

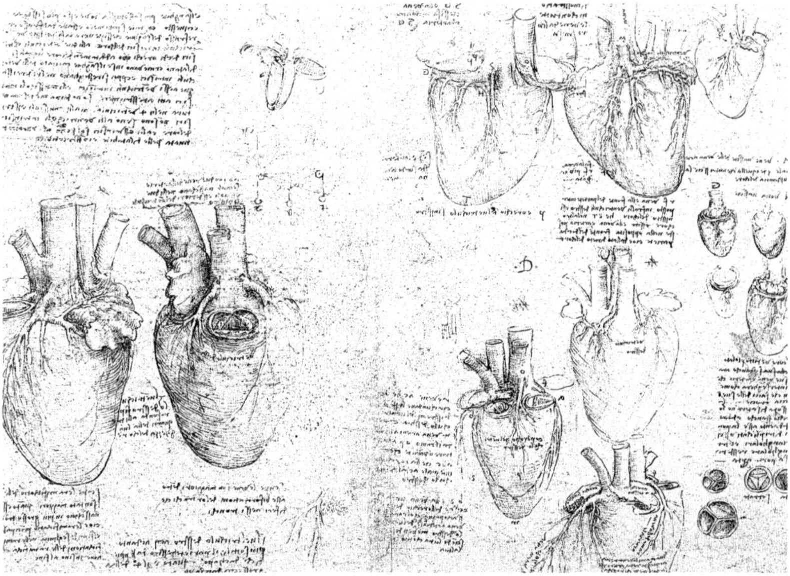

Um Herzen so anschaulich zeichnen zu können, füllte Leonardo die toten Organe mit flüssigem Wachs.

Kraft gemessen, ein Hauptmuskel ist und dass es sehr viel kräftiger ist als andere Muskeln«, ununterbrochen damit beschäftigt, das Blut durch den Körper zu pumpen, und dass außerdem im Innern des Herzens Klappen existieren, die dafür sorgen, dass das während des Herzschlages aus dem Herz heraus gepumpte Blut nicht wieder ins Herz zurückfließt.

Das alte Organ in seiner Hand interessiert Leonardo besonders: Es hat länger geschlagen als jedes andere Herz, das er bisher untersucht hat. Was für dicke Adern dieser Alte besaß, ganz anders als das zweijährige Kind, stellt er erstaunt fest. »Die Hülle der Adern verhält sich im Menschen ebenso wie in den Orangen, bei denen die Schale umso dicker wird (...), je älter sie werden.«

Leonardo vermutet, »dass das Leben verlosch, weil das Blut in der Arterie fehlte, die das Herz und andere Teile versorgt«. Er bemerkt, dass mit zunehmendem Alter die Adern in einem menschlichen Körper krumm und dick werden. Und er vermutet, dass die Todesursache vieler alter Menschen innerer Nahrungsmangel ist, weil die Durchgänge der Adern immer enger werden, bis sie sich sogar ganz verschließen.

Leonardo schreibt und zeichnet all seine Beobachtungen genau auf (Abb. S. 17).

Nach vielen Stunden hört er die sich nähernden Schritte des Krankenhauswärters. Er ist froh, endlich wieder einen Lebenden in seiner Nähe zu haben, denn die Nacht allein in Gesellschaft zerteilter und enthäuteter, schrecklich aussehender Leichen zu verbringen, ist ihm selbst nach so vielen Jahren noch immer nicht geheuer. Der alte Mann vor ihm macht mit seinem geöffneten Brustkorb und dem blutverschmierten Oberkörper einen wahrlich furchterregenden Eindruck.

Leonardos Arbeit an dem Alten ist getan. Er legt das Herz zurück an seinen Platz unter den Rippen, schließt die Hautlappen darüber und deckt den Toten mit dem Leinentuch zu. Er wäscht sich die Hände, dann schreibt er die letzten und abschließenden Bemerkungen unter seine Zeichnungen.

Leonardo ahnt nicht, dass die Erkrankung, die er an dem alten Mann erkannt und beschrieben hat, erst dreihundert Jahre später unter dem Namen Arteriosklerose, Arterienverkalkung, von einem Arzt bekannt gemacht werden wird.

Leonardo selbst erkrankt in hohem Alter an genau dieser, von ihm erstmals entdeckten und beschriebenen Krankheit und stirbt mit 67 Jahren daran.

Auch ein Genie fängt einmal klein an

Der schreiende Knabe sieht aus wie jedes andere Neugeborene auch, vielleicht ein bisschen hübscher.

Als Leonardo da Vinci am 15. April des Jahres 1452 in dem kleinen norditalienischen Dorf Anchiano bei Vinci das Licht der Welt erblickt, zum ersten Mal die Augen öffnet, um neugierig in die Gegend zu blinzeln, da sieht der schreiende Knabe aus wie jedes andere Neugeborene auch, vielleicht ein bisschen hübscher.

Um das Bett seiner jungen, erschöpften Mutter haben sich mehrere Menschen versammelt: Die Hebamme, die kurz bevor sie das Haus verlässt, ein letztes Mal das Wohlbefinden von Mutter und Sohn kontrolliert, Ser Piero da Vinci, der über die Geburt seines Sohnes freudestrahlende Vater, und die Großeltern des Kleinen, Lucia und Antonio da Vinci, auf deren Gesichtern sich neben Erleichterung und Entzücken über den gesunden Enkel auch ein paar Sorgenfalten abzeichnen. Voller Stolz notiert der Großvater über diesen Tag: »... nachts um 3 Uhr wurde mein Enkel, Sohn des Ser Piero, meines Sohnes, geboren ...« In diesem Moment ahnt keiner der Anwesenden, dass dieser kleine Mensch zu einem der größten Genies aller Zeiten heranwachsen wird, sonst würden sie sich vielleicht ein paar Sorgen weniger machen ...

Leonardos hübsche Mutter, Caterina, ist ein einfaches Bauernmädchen, und auch sie macht sich Sorgen: Sie hat jetzt ein Kind, ist aber nicht verheiratet. Der Vater ihres kleinen Sohnes, Ser Piero da Vinci, ist ein angesehener Rechtsanwalt, ein Notar, er verdient ausgezeichnet, aber heiraten will er Caterina nicht. Davon raten auch seine Eltern, die Großeltern des Neugeborenen, dringend ab. Eine Bauersfrau, auch wenn sie wunderschön aussieht und gar nicht dumm ist, ist eines solchen Mannes einfach nicht würdig.

Caterina macht sich keine Gedanken um sich selbst, sondern um ihren Sohn. Ein unehelich geborenes Kind, also ein Kind, dessen Eltern nicht miteinander verheiratet sind, wird es im Leben einmal so schwer haben wie sie selbst. Was wohl einmal aus ihm werden wird? Nun ja, wahrscheinlich etwas Ähnliches wie aus ihr und ihrer Familie – Bauer, Tagelöhner oder einfacher Arbeiter in einem Steinbruch.

Auch die Großeltern, die Eltern Ser Pieros, machen sich Gedanken über die Zukunft ihres geliebten Enkels. Ihnen ist durchaus bewusst, wie er als »Bastardo« einmal behandelt werden wird. Er wird nie eine höhere Schule oder eine Universität besuchen dürfen, nie einen der angesehenen Berufe ergreifen, wird weder als Arzt noch als Wissenschaftler oder Jurist arbeiten können, ganz egal, wie begabt und klug er auch sein mag. Ihm wird nichts anderes übrig bleiben, als später einmal Handwerker oder Kaufmann zu werden. Aber da das Kind nun einmal da ist, gilt es, das Beste daraus zu machen. Eines ist klar: Würde Ser Piero Caterina heiraten, wäre das nicht unbedingt eine Erleichterung, denn die Eheschließung mit einer Bäuerin wäre für Ser Pieros berufliche Karriere eine Katastrophe, damit wäre niemandem geholfen, höchstens der Mutter …

» **Catarina macht sich keine Gedanken um sich selbst, sondern um ihren Sohn.**

Zunächst einmal lassen die Großeltern Caterina zusammen mit dem Kleinen bei sich auf dem Landgut wohnen. Solange die Mutter den Kleinen stillt, ist das sicher das Beste für alle Beteiligten.

Einige Monate später heiratet Ser Piero, allerdings nicht Caterina, sondern eine junge Frau aus Florenz, Albiera heißt sie. Die Ehe mit ihr ist das, was man als standesgemäß bezeichnet, denn beide Familien gehören der Mittelschicht an. Diese Ehe ist für Pieros berufliche Karriere nützlich, denn Albieras Vater ist ebenfalls Rechtsanwalt. Ser Piero zieht nach Florenz und kommt nur noch selten zu seinen Eltern und seinem Sohn aufs Land, in das einige Stunden von Florenz entfernt gelegene Dorf bei Vinci.

Kindheit bei den Großeltern

Leonardo wächst heran und die Großeltern denken darüber nach, wie es mit ihrem Enkel und auch mit Caterina weitergehen soll. Für immer kann das Bauernmädchen nicht bei ihnen wohnen bleiben. Sollen sie Caterina zusammen mit Leonardo wegziehen lassen? Was aber wird dann einmal aus dem Jungen werden? Selbst eine Handwerker- oder Kaufmannskarriere wäre dann ungewiss. Bloß das nicht! Das gilt es zu verhindern, da sind sich die Großeltern einig, wo der Kleine doch schon jetzt eine große Neugier und so viele verschiedene Begabungen zeigt.

Antonio und Lucia helfen Caterina, einen Mann zu finden, und arrangieren eine Ehe zwischen ihr und einem Kalkbrenner, der im nächsten Dorf arbeitet. Sein Name ist Antonio, genannt wird er allerdings nur »Accattabriga«, was so viel wie »Streithammel« bedeutet. Als frisch verheiratete Frau verlässt Caterina das Haus von Lucia und Antonio da Vinci und bezieht zusammen mit ihrem streitlustigen Ehemann ein winziges Haus in einem nahe gelegenen Dorf. Ihren kleinen Leonardo lässt sie bei den Großeltern, für die Zukunft des Jungen wird das das Beste sein, davon ist sie überzeugt, auch wenn ihr fast das Herz zerbricht. Ihr Ehemann würde niemals einen »Bastardo« in seiner Familie dulden. Einen zusätzlichen Esser durchfüttern, dessen Vater er nicht ist? Undenkbar! Zusammen mit ihrem Ehemann gründet Caterina eine eigene Familie und wird in den nächsten Jahren Mutter von fünf weiteren Kindern. Manchmal kommt sie Leonardo besuchen, und wenn er ihr während einer der vielen kirchlichen Feierlichkeiten im Dorf begegnet, lächelt sie ihm immer freundlich zu, aber stets ist sie von ihrer immer größer werdenden Kinderschar umringt.

Der Vater fort, die Mutter fort – zum Glück sind die Großeltern da. Sie sind in den nächsten Jahren diejenigen, die Leonardos

» **Ihren kleinen Leonardo lässt sie bei den Großeltern. Für die Zukunft des Jungen wird das das Beste sein, davon ist sie überzeugt, auch wenn ihr fast das Herz zerbricht.**

Erziehung übernehmen. Der Großvater Antonio ist zwar mittlerweile schon weit über achtzig Jahre alt, die Großmutter, Lucia, rund zwanzig Jahre jünger, aber beide sind gesund und voller Lebensfreude.

Als Leonardo in das entsprechende Alter kommt, schicken sie ihn zur Schule, denn auch als zukünftiger Handwerker oder Kaufmann soll der Junge natürlich eine gute und solide Ausbildung bekommen. Viel gibt es dort für Leonardo allerdings gar nicht zu tun, lesen und schreiben kann er schon, seit sein Großvater es ihm beigebracht hat. Der hat festgestellt, dass sein Enkel Linkshänder ist. Von Anfang an und bis an sein Lebensende verfasst Leonardo seine Briefe und Notizen mit seiner linken Hand und in spiegelverkehrter Schrift.

Leonardo wird nur selten langweilig. Wasser fasziniert ihn besonders. Als der Fluss Arno über die Ufer steigt und zu einem

Strom wird, der alles mit sich reißt, bekommt er dessen Macht erstmals eindrücklich zu spüren. Zwar ist Leonardo gelegentlich allein und ganz sich selbst überlassen, doch schon früh beginnt er damit, in der Gegend herum zu streifen und die Natur ganz genau zu betrachten und zu untersuchen. Er beobachtet beispielsweise Eidechsen, Glühwürmchen und alle möglichen anderen Geschöpfe, die die Weinberge der Umgebung bevölkern. Und auch sonst gibt es rund um seinen Heimatort ständig etwas Neues für Leonardo zu entdecken. Das liegt vor allem an der Art und Weise, mit der er seine Umgebung betrachtet und daran, wie er jede Einzelheit wahrnimmt. Er besitzt eine unvergleichliche Beobachtungsgabe. Wenn er beispielsweise ein brennendes Holzscheit in die Luft wirft, sieht er, wie es im Auge eine Lichtspur hinterlässt. Und er beschreibt ganz genau die komplizierten Flügelbewegungen einer Libelle, beobachtet, denkt weiter und entwirft später einen Hubschrauber. Kein anderer kann nachvollziehen, was Leonardo da sieht, denn kaum jemand hat solch übermenschlich scharfe Augen wie er. Er füllt seine Notizbücher mit Überlegungen und Schlussfolgerungen, die er aus seinen Beobachtungen zieht, Gedanken, die sich andere Menschen nie machen würden.

Beim Vater in Florenz

Als Leonardo dreizehn Jahre alt ist, stirbt sein 93-jähriger Großvater. Bald darauf holt Ser Piero seinen Sohn zu sich nach Florenz. In der nächsten Zeit lebt Leonardo zusammen mit seinen Halbgeschwistern, seinem Vater und dessen Frau in einem Haus in der Stadt. Florenz ist in dieser Zeit eine der reichsten und modernsten Städte Europas. Hier weht seit kurzem der Geist der Renaissance: Maler und Architekten haben die Kunst der alten Griechen und Römer wiederentdeckt und sie zu neuem Leben erweckt ...

Schon seit längerem ist das Zeichnen eine von Leonardos Lieblingsbeschäftigungen. Papier ist zwar kostbar, aber im Haus des Vaters gibt es davon genug. Vieles von dem, was er in der Natur beobachtet, hält er in kleinen, exakten und außergewöhnlichen Zeichnungen auf dem Papier fest. Das Sehen ist für ihn der Ausgangspunkt all seiner Erkenntnisse. Aber Leonardo malt nicht einfach ab, was er vor sich sieht, er versetzt sich in jeden Gegenstand »hinein«. Er zeichnet so, dass man beim Betrachten seiner Skizzen mehr vom dargestellten Gegenstand zu sehen glaubt als nur dessen alles verhüllende Oberfläche. Leonardo will nicht nur beobachten. Er will das, was er sieht, vor allem durchschauen und verstehen. Auch beim Malen seiner Bilder wird er später so vorgehen.

Der Maler, der sich allein auf seine Erfahrungen und das Urteil seiner Augen verlässt, zeichnet ohne Verstand. Er ist wie ein Spiegel, der nur kopiert, was vor ihm steht.

»Der Maler, der sich allein auf seine Erfahrungen und das Urteil seiner Augen verlässt, zeichnet ohne Verstand. Er ist wie ein Spiegel, der nur kopiert, was vor ihm steht.«

Einer von Ser Pieros Bekannten ist Andrea del Verrocchio, der eine der produktivsten Werkstätten von ganz Florenz leitet, viele der schönsten Skulpturen, Bilder und Goldschmiedearbeiten stammen von hier. Das weiß inzwischen die ganze Stadt und zu Verrocchios Kunden zählen die reichsten und angesehensten Familien, so zum Beispiel die Medici. Verrocchio ist Künstler und geschickter Geschäftsmann und er ist sich zu keiner Arbeit zu schade, er macht alles: vom Gemälde bis hin zum Beerdigungsplakat. Alleine kann Verrocchio die anfallende Arbeit schon lange nicht mehr bewältigen, deshalb bildet er in seiner Werkstatt begabte junge Männer zu Künstlern aus.

Als Leonardos Vater eines Tages wieder einmal voller Interesse und mit wachsender Begeisterung die Zeichnungen seines Sohnes betrachtet, kommt ihm eine Idee. Er nimmt einen Stapel davon und geht damit zu Verrocchio. Er bittet den Künstler um seine Meinung, Verrocchio soll ihm sagen, ob sein Sohn es im Zeichnen zu etwas bringen kann.

Der Meister kommt der Bitte nach, sieht Leonardos Zeichnungen aufmerksam durch und schweigt. Es hat ihm die Sprache verschlagen. Doch kaum dass er wieder Worte findet, äußert er sich voller Erstaunen über die offensichtlich außerordentliche künstlerische Begabung des Jungen. Ja, so meint er, Piero soll seinen Sohn unbedingt weiter fördern.

Und wenn er das will, kann Leonardo zu ihm, Verrocchio, in die Werkstatt kommen.

Maler, Bildhauer oder Bäcker? Leonardo bei Verrocchio

Ein Mann mittleren Alters öffnet die Tür. Er trägt schulterlanges lockiges Haar, das verschwitzt an seiner Stirn klebt.

Zum vereinbarten Termin begibt sich Leonardo zu dem Haus, in dem sich die Werkstatt seines zukünftigen Lehrers befindet. Schon von weitem hört er lautes Hämmern und Klopfen, Stimmen, Gesang und Lautenklänge, die durch die Fenster nach außen dringen.

Verwundert bleibt er stehen. Das soll die Werkstatt eines Malers sein? Hat er sich in der Adresse geirrt? Malen verursacht doch keinen solchen Lärm! Die unterhaltsame Musik kann er verstehen, aber den Krach? Was hat das zu bedeuten?

Kaum dass Leonardo an die Tür gepocht hat, verstummen die Klopfgeräusche im Innern des Hauses, dafür beginnt ein Hund zu bellen. Kurz darauf öffnet ein Mann mittleren Alters, eher jung als alt, die Tür. Er trägt schulterlanges lockiges Haar, das verschwitzt an seiner Stirn klebt, und seine nachlässige und ungepflegte Kleidung ist von oben bis unten mit hellem Staub bedeckt. Neben ihm taucht ein kleiner struppiger Hund auf, der Leonardo neugierig die Schnauze entgegenstreckt.

Der Mann begrüßt den Jungen und reicht ihm die Hand. Er stellt sich als Andrea del Verrocchio vor. Es ist der Meister persönlich, der seinen neuen Schüler bereits erwartet hat. Auch Leonardo stellt sich vor und blickt sich neugierig um. Mitten im Raum steht eine große Marmorskulptur. Marmorstaub und kleine Steinsplitter bedecken den gesamten Fußboden. Deshalb also der seltsame Anblick des Meisters, dessen verschwitztes, mit Staub eingepudertes Gesicht aussieht wie das eines Bäckers, denkt Leonardo. Verrocchio hat gerade an dem Marmorwerk gearbeitet und sein Werkzeug nur beiseitegelegt, um seinen neuen Schüler zu begrüßen. Soll das womöglich bedeuten, dass hier von morgens bis abends gehämmert wird und ununterbrochener Lärm die Arbeiten der Maler begleitet? Von dem vielen Schmutz und Dreck gar nicht zu reden ...

Es ist der Meister persönlich, der seinen neuen Schüler bereits erwartet hat.

Rundgang durch Verrocchios Werkstatt

Leonardo zieht seinen kostbaren Seidenmantel aus, legt ihn vorsichtig über einen Stuhl und folgt seinem Lehrer auf einem Rundgang durch die Arbeitsräume des Hauses. Interessiert blickt er sich um. Er hatte geglaubt, er werde bei einem Maler in die Lehre gehen und dabei ausschließlich das Zeichnen und das Kolorieren, den Umgang mit Farben, erlernen, doch die vielen bei Verrocchio beschäftigten Lehrlinge und Mitarbeiter verrichten ganz unterschiedliche Aufgaben.

Einige sitzen an Tischen und hantieren mit Zangen, Feilen und Bohrern, die sie mit kleinen Kurbeln in Gang setzen. Einer von ihnen arbeitet mit einem Stichel das Bild einer Frau aus einem flachen Edelstein heraus. Ein anderer ist dabei, einen kunstvoll verzierten Leuchter aus Silber herzustellen. Die Goldschmiede, so erklärt Verrocchio, machen zurzeit nichts anderes als die Arbeit von Silberschmieden. Die Goldknappheit hat die Preise für das begehrte Edelmetall in solch unermessliche Höhen getrieben, dass sich niemand mehr goldene Gegenstände leisten kann, silberne noch eher. Verrocchio arbeitet schon seit langem nicht mehr als Goldschmied, obwohl er als junger Mann dieses Handwerk erlernt hat. Nachdem schon vor Jahren die Goldschmiedeaufträge immer seltener geworden und bald ganz ausgeblieben waren, war er aus der Not heraus Maler und Bildhauer geworden – mit Erfolg. Der Ruhm seiner Werkstatt bestätigt es.

Verrocchio und Leonardo gehen weiter. Ein Lehrling sitzt vor einer merkwürdigen Konstruktion, durch die er aufmerksam einen anderen Mann betrachtet, der auf einer Liege liegt und ihm seine Füße entgegenstreckt. Seltsam verzerrt sieht der Lehrling sein Modell vor sich, die Füße scheinen größer als der Kopf. Nach einer Weile wendet er sich seiner Zeichnung zu und hält das Gesehene mit schnellem Strich auf dem Papier fest. Dieser Vorgang wiederholt sich immer wieder aufs Neue. Das, was der junge Zeichner gerade praktiziert, wird auch Leonardo noch lernen: die Perspektivmalerei mithilfe eines speziellen Perspektivkastens. Perspektive steht für »Hindurchsehen«. Wer ein perspektivisches Bild malt, erweckt mit seiner Malerei den Eindruck, er ließe den Betrachter durch die Oberfläche des Bildes blicken, nämlich in die Tiefe eines Raumes, mit all seinen perspektivischen Verkürzungen und Verzerrungen.

» **Seltsam verzerrt sieht der Lehrling sein Modell vor sich, die Füße scheinen größer als der Kopf.**

Anderen Werkstattmitarbeitern sieht Leonardo dabei zu, wie sie Farben anrühren oder dünne Holzplatten mit einer Grundierung bestreichen, einer einfarbigen Schicht, auf die die Bilder später gemalt werden. Fertige Gemälde werden mit schützenden Lasuren versehen.

Einer der Lehrlinge arbeitet an einem Bild, das größer ist als er selbst. In der Mitte des Gemäldes ist ein junger Mann mit langen

Haaren und Bart dargestellt. Seine Hände hat er zum Gebet vor der Brust zusammengelegt, sein Blick ist andächtig nach unten gerichtet. Ein Mann neben ihm gießt aus einer flachen Schale Wasser über den Kopf des Betenden. Beide Männer stehen mit den Füßen im seichten Wasser eines Flusses. Leonardo fällt auf, dass die Figuren kunstvoll und wunderschön gelungen sind, und er erkennt, dass der Mann in der Mitte Christus darstellt, der von Johannes getauft wird. Der an dem Gemälde arbeitende Lehrling hat die Aufgabe, eine Palme am linken Bildrand zu Ende zu malen. Er scheint nicht der Begabteste unter Verrocchios Schülern zu sein, die Blätter wirken steif und kalt, und Verrocchio guckt nicht gerade zufrieden, als er sieht, was sein Schüler da fabriziert.

Das Wichtigste in der Kunst ist das Sehen, erläutert Verrocchio. Um etwas zeichnen und malen zu können, muss man es zunächst einmal ganz genau betrachten. Zusätzlich bedarf das Malen, also der Umgang mit Farben und Formen, einer wissenschaftlichen Basis, so der Meister weiter. Er vertritt damit eine völlig neuartige Überzeugung: Die Künstler seiner Werkstatt verstehen sich nicht mehr nur als einfache Handwerker, sondern haben ein ganz neues Selbstverständnis als Maler erlangt. Sie malen nicht einfach so, wie schon ganze Malergenerationen vor ihnen, sondern öffnen ihre Augen für die Wirklichkeit, entdecken die Welt und zeigen das in ihren Bildern.

Wer Verrocchios Werkstatt nach mehreren Lehrjahren verlässt, ist ein Universal-Künstler, er ist Goldschmied, Perspektivmaler, Bildhauer, Steinschneider, Maler und sogar Musiker. Außerdem verlangt Verrocchio von seinen Schülern mathematische und sogar anatomische Kenntnisse.

Plötzlich zuckt Leonardo zusammen. Über seinen Kopf hinweg flattert ein kleiner Engel mit goldenen Flügeln von einem Ende des Raumes zum anderen. Er blickt nach oben und betrachtet verwundert und belustigt das kleine fliegende Spielzeug. Auch das lernt man in Verrocchios Werkstatt: Bühnentechnik, die Kunst, die Menschen mit kleinen Erfindungen und Spielereien zu verzaubern und in eine andere Welt zu versetzen.

Eine Aufgabe für die Zukunft

Zum Abschluss des kleinen Rundganges zeigt Leonardos Lehrer noch einmal auf das Bild mit der Palme und der Taufe Christi in der Mitte. Es ist noch nicht fertig und Verrocchio macht seinen jungen Schützling auf eine unbemalte Stelle auf der Holzplatte aufmerksam. Hier, so erklärt er, ist noch Platz, und er sieht Leonardo auffordernd an. Bei Gelegenheit wird sein neuer Schüler die Lücke mit einem Engel ausmalen dürfen. Leonardo erfährt, dass schon mehrere von Verrocchios Schülern an der »Taufe Christi« gearbeitet haben. Da sie alle unterschiedlich malen und auch unterschiedlich begabt sind, wirkt das Gemälde nun irgendwie seltsam und uneinheitlich. Von dem Meister selbst stammt die Idee und die Komposition des Bildes, also dessen Aufbau, und er hat die Figur des Christus sowie Johannes, den Täufer, gemalt. Die Palme und der Hintergrund stammen von einem anderen Maler, die im Himmel erscheinenden Hände samt Taube von einem dritten. Links von Jesus sitzt bereits ein kleiner lockiger Engel, der gedankenverloren aus dem Bild blickt. Er wiederum ist das Werk Sandro Botticellis, eines ehemaligen Schülers der Werkstatt, der bis vor kurzem hier gelernt hat und nun dabei ist, ein überaus berühmter Künstler zu werden.

Bilder in Gemeinschaftsarbeit herzustellen, ist in Verrocchios Werkstatt eine übliche Methode. So kann jeder seine ganz speziellen Fähigkeiten und Vorlieben einbringen und gleichzeitig von den anderen lernen.

Leonardo soll viele Jahre bei seinem Lehrer bleiben. Er zeichnet, malt, konstruiert und baut, er probiert alles aus, wozu er in der vielseitigen Werkstatt die Gelegenheit erhält. In dieser Zeit entsteht sein erstes großes und eigenständiges Bild. Es stellt die Verkündigung dar (Abb S. 34): Ein Engel kommt zu Maria, um ihr zu sagen, dass sie den Sohn Gottes zur Welt bringen wird, eine Szene, die viel Fingerspitzengefühl verlangt. Auf die Zartheit der Gesichter legt Leonardo besonderen Wert, die Bearbeitung mit einem Pinsel erscheint ihm dafür fast zu grob. Deshalb erfindet er zu diesem Zweck seine eigene, ganz spezielle Technik: Er modelliert die Farbe mithilfe seiner Finger direkt auf dem Bild.

Über all dem vergisst Leonardo nicht den Auftrag seines Lehrers, den Engel auf der »Taufe Christi« zu malen (Abb. S. 33). Alles, was er bisher bei seinem Meister gelernt hat, will er nun in diese eine Figur legen. Er entwirft einen knienden Engel in Rückansicht. Was für ein ungewohnter Anblick auf einem Gemälde! Leonardo positioniert den Engel so im Bild, dass sein rechtes Bein schräg in die Tiefe weist, ein Kniff, den sich Leonardo als begabter

«Alles, was er bisher bei seinem Meister gelernt hat, will er nun in diese eine Figur legen.

Perspektivmaler klug überlegt hat und der einen ganz unglaublichen Effekt hat. Man gewinnt nun den Eindruck, dass das Bild wirklich in die Tiefe führt. Kopf und Oberkörper wendet Leonardos Engel in einer Drehung nach rechts oben, zu Christus. Auch das beruht auf einem genialen Hintergedanken: Leonardo will mit dieser Bewegung die »moti dell'animo«, die Gemütsbewegungen des still dasitzenden Engels verdeutlichen. Zugleich versinnbildlicht das Aufblicken von Leonardos Engel zur Christusfigur, die Verrocchio gemalt hat, Leonardos Verehrung für seinen Lehrer.

Als Verrocchio den Engel zum ersten Mal erblickt, ist er sprachlos. Wie alle anderen bestaunt und bewundert er das, was

Leonardo da geleistet hat. Auf seine geniale Art hat der junge Künstler das Bild nicht nur vollendet, sondern gerettet.

Gleichzeitig ist der Meister bestürzt: Sein Schüler, noch ein Kind, kann besser malen als er selbst? Verrocchio beschließt, das Malen für immer aufzugeben.

(Ob diese Geschichte wirklich stimmt? Schwer zu sagen, Giorgio Vasari, der die Lebensläufe der berühmtesten Künstler beschrieben hat, berichtet später darüber, – doch Vorsicht, nicht immer sind seine Berichte wahr, manchmal entspringen sie ausschließlich seiner blühenden Fantasie.)

Johannes, der Täufer, tauft Jesus im Fluss Jordan: Eines der ersten Bilder Leonardos, das er zusammen mit seinem Lehrer Verrocchio und anderen Schülern malte. Von Leonardo stammt der Engel vorne links.

Leonardos erstes großes und eigenständiges Bild zeigt die Verkündigung an Maria. Bereits erkennbar sind die für Leonardos Malstil typischen zarten Gesichter sowie die geheimnisvoll aussehende Landschaft im Hintergrund.

Der »Maulbeerbaum« erhält einen Brief

Leonardo ist wütend und enttäuscht,– ihn hat der Papst nicht eingeladen.

Florenz 1481: Leonardo ist sauer. Sein Freund Sandro hat doch tatsächlich von Papst Sixtus IV. eine Einladung nach Rom erhalten. Es ist kaum zu glauben, Sandro Botticelli, der genau wie er jahrelang bei Meister Verrocchio gelernt hat. Und noch andere ehemalige Verrocchio-Schüler, zum Beispiel Pietro Perugino, hat der Papst in den Vatikan beordert. Die Maler sollen, zusammen mit vielen anderen Künstlern aus Florenz, nach Rom reisen, um im päpstlichen Palast die Wände der neu gebauten Kapelle zu bemalen.

Leonardo ist wütend und enttäuscht, denn ihn hat der Papst nicht eingeladen.

Wieso denn bloß nicht? Zugegeben, Sandros Bilder sind brillant und graziös, und Peruginos Malereien berühren den Betrachter auf eine seltsame und wunderbare Art. Aber er, Leonardo, malt doch nicht weniger gut als seine Kollegen. Oder etwa doch?

Nein, ganz sicher malt er nicht schlechter als sie, aber er malt anders. Er weiß ja selbst, dass er nicht der schnellste Arbeiter ist und dass er am liebsten jahrelang an einem Bild malen würde, bevor er es aus den Händen gibt. Er denkt zu lange über jeden einzelnen Pinselstrich nach. Das sieht kein Auftraggeber gern. Noch ist es üblich, dass jeder Maler sein Bild nach den ganz genauen Vorgaben des Geldgebers anfertigt: soundso viel Blau, hier Gold, da eine Maria, soundso groß ... Und er hat es nach einer möglichst kurzen Zeit abzuliefern. Zeit ist Geld und Geld will man sparen, auch der Papst will das. Für schnelles Arbeiten ist Leonardo einfach nicht geschaffen. Es bereitet ihm Mühe genug, überhaupt ein Bild zu beenden, oder besser gesagt: ein Bild für fertig zu erklären und es dann dem Auftraggeber auszuhändigen.

Ob sich seine langsame Arbeitsweise womöglich bis nach Rom herumgesprochen hat?

Manchmal steht er einen ganzen Tag vor einem unfertigen Bild, nur um es zu betrachten. Da wird so mancher Auftraggeber ungeduldig und nervös und rechnet leise nach. Doch Leonardos Bilder entstehen zuerst in seinem Innern, nicht auf der Bildfläche, das dauert seine Zeit.

Ob sich seine langsame Arbeitsweise womöglich bis nach Rom herumgesprochen hat?

»Unmoralische« Zwischenfälle

Oder hat der Papst am Ende Wind bekommen von dieser nächtlichen Angelegenheit, in die Leonardo vor einiger Zeit verstrickt war?

Zusammen mit mehreren anderen jungen Männern hat man ihn nachts bei »unmoralischen« Handlungen erwischt, wie man es auszudrücken pflegt. Leonardo interessiert sich nun einmal für junge Männer, nicht für Frauen. Eigentlich müsste er seit diesem unangenehmen Zwischenfall im Gefängnis sitzen. Doch zu seinem Glück war einer der mit ihm Ertappten der Sohn eines angesehenen Bürgers von Florenz, sonst wäre auch Leonardo nicht so einfach und ohne Strafe davongekommen.

»Mona Lisa«, das berühmteste Gemälde der Welt, sorgt auch heute noch für Aufsehen und Spekulationen. Wer ist die junge Frau? Welches Geheimnis verbirgt sie?

Unsinn, als Maler könnte der Papst ihn trotzdem schätzen, die Vorliebe für junge Männer ist in Rom schließlich auch kein unbekanntes Phänomen.

Oder ist dem Papst zu Ohren gekommen, dass Leonardo schon häufiger Leichen zerschnitten und ihr Innerstes erforscht hat? Aber Tatsache ist, dass auch der große Michelangelo Buonarroti ganz weit oben in der Gunst des Papstes steht, obwohl man, sicher zu Recht, über ihn munkelt, auch er habe schon so manchen unerlaubten Blick in geöffnete Verstorbene getan.

Der Papst lehnt Leonardo also ab? Ob es vielleicht doch an seiner Art des Malens liegt? Auch in Florenz hat Leonardo bisher noch nicht den Durchbruch geschafft, obwohl Lorenzo de'Medici, auch genannt »der Prächtige«, zu seinen Förderern zählt. Naja, richtig unterstützt der ihn eigentlich nicht. Zu den ganz großen Malern zählt Leonardo einfach noch nicht.

Sei es drum! Leonardo kann schließlich noch vieles andere außer malen. Und er darf nicht vergessen, dass es neben dem Papst in Rom und den Medici in Florenz auch noch andere mächtige Männer gibt, den Herzog von Mailand zum Beispiel. Der ist zwar kein angenehmer Mensch, aber er ist zielstrebig und machtbesessen. Ja, einen solchen Mann müsste Leonardo für sich gewinnen ...

Bewerbung an den »Bezwinger«

Der Herzog von Mailand ist eigentlich gar kein echter Herzog, mit richtigem Namen heißt er Ludovico Sforza, Ludwig der »Bezwinger«. Er wird auch »il Moro« genannt, was »der Schwarze« oder auch »Maulbeerbaum« bedeutet. Der Thron, auf dem Ludovico sitzt, gehört rechtmäßig seinem Neffen. Den Jungen und dessen Mutter hat der unechte Herzog einfach einsperren lassen.

Im Moment führt Ludovico Krieg gegen Venedig. Da hat er bestimmt andere Dinge im Kopf als kostbare Gemälde, überlegt Leonardo. Trotzdem setzt er sich hin und schreibt eine Bewerbung an den Herzog: Er würde gerne für ihn als Militäringenieur arbeiten und er möchte ihm hiermit seine Dienste anbieten, ist darin zu lesen. Er, Leonardo, könne für ihn, den Herzog, militärische Anlagen bauen und Maschinen konstruieren, die Ludovicos Feinde auf grausamste Art vernichten, niedermetzeln und abschlachten würden. »Ich habe außerdem noch Pläne für eine Art von Bombarden (Geschützen), die ganz bequem und leicht zu transportieren sind und mit denen man kleine Steine gleich einem Ungewitter schleudern kann; mit dem Rauch derselben wird der Feind in großen Schrecken gestürzt und bei ihm Schaden und Verwirrung gestiftet.«

Ganz genau, detailliert und anschaulich beschreibt er das Funktionieren seiner selbst erdachten, brutalen Geräte. Ach ja, Wasser könne er auch von einem Ort zum anderen umleiten, preist Leonardo sein Können an. Zum Schluss, ganz nebenbei und bescheiden, erwähnt er noch seine Fähigkeiten in der Bildhauerei und in der Malerei. Und dann fügt er noch hinzu, werde er auch »an dem Bronzepferd arbeiten können, das dem seligen Andenken Eures Vaters und dem glorreichen Haus Sforza zu unsterblichem Ruhm und immerwährender Ehre gereichen wird«.

«

Ganz genau, detailliert und anschaulich beschreibt er das Funktionieren seiner selbst erdachten, brutalen Geräte.

Leonardo weiß, dass sich die Familie Sforza seit vielen Jahren ein Denkmal in Gestalt eines Bronzepferdes wünscht. Ein riesiges Pferd, auf dem majestätisch und wie ein römischer Kaiser einer der Sforzas, einer der »Bezwinger« thront, würde den Menschen in der ganzen Region unmissverständlich vor Augen führen, wer hier das Sagen hat. Es würde bestimmt vergessen lassen, dass der jetzige Herzog gar nicht der rechtmäßige Herzog von Mailand ist.

Nicht alle jungen Damen auf Leonardos Bildern lächeln – wie die traurige Ginerva de'Benci anschaulich beweist.

Und der andere Name, der mit dieser Statue für immer verbunden sein würde, wäre Leonardos eigener. Bedenken hat der Künstler keine. Sein Lehrer hat gezeigt, dass weit überlebensgroße Statuen aus Bronze technisch problemlos herzustellen sind. Verrocchio war einer der ersten, der seit den mehr als tausend Jahre alten Reiterstatuen der römischen Antike eine solche Meisterleistung vollbracht hat. Und Leonardo wäre mehr als glücklich, würde man auch ihn mit einer solchen Herausforderung beauftragen.

Als der Herzog Leonardos Brief in den Händen hält und dessen Worte liest, ist er erstaunt. Und er wird neugierig. Ihm kommt ein Gedanke: Tatsächlich gibt Ludovico in dieser Zeit des Krieges gegen Venedig rund siebzig Prozent seines gesamten Staatshaushaltes für militärische Zwecke aus. Kanonen und andere Waffen sind teuer und werden hauptsächlich aus Bronze hergestellt. Wenn dieser Leonardo aus Vinci ihm die angepriesenen Maschinen, die er hauptsächlich aus Holz zu konstruieren beabsichtigt, bauen könnte, ließe sich bestimmt einiges an Bronze einsparen. Das eingesparte Metall könnte man stattdessen für das heiß ersehnte Bronzepferd verwenden. Wie viel Bronze für ein acht Meter hohes Pferd wohl nötig sein wird? Der Herzog hat keine genaue Vorstellung, ist sich aber sicher: sehr, sehr viel ...

Vielleicht bliebe sogar noch Geld für andere angenehme Dinge übrig. Der Herzog feiert gern rauschende Feste, zu denen er die mächtigsten und einflussreichsten Mailänder Familien einlädt. Diesen verwöhnten Leuten muss man schon etwas Besonderes bieten, der Herzog selbst hat den Eindruck, dass seine Feste *noch* rauschender sein könnten. Tausende von gefüllten Truthähnen und Fasanen sowie riesige Fässer des besten Weines allein reichen nicht aus. Die Gäste sollen sich nicht nur ihre Mägen vollschlagen, sie wollen auch unterhalten sein! Möglichst auf nie dagewesene und unvergessliche Art, damit sie auch in der Zukunft über den Gastgeber sprechen. Auch das würde seine Macht festigen.

Tanzende Püppchen, sprudelnde Springbrunnen und derartigen Spielkram bräuchte er, der die Damen begeistert und die Herren fasziniert. Wenn dieser Leonardo da Vinci komplizierte und völlig neuartige Kriegsmaschinen erfinden und bauen kann, dann sollte doch der Bau solcher Spielgeräte und Automaten ein Leichtes für ihn sein, oder nicht?

Der Herzog lässt sich Leonardos Angebot durch den Kopf gehen. Leonardo scheint genau der Mann zu sein, er Herzog in Mailand braucht, ein Universalgenie, ein Mann für den Krieg, für die Unterhaltung und für die Kunst. Und nicht teurer als ein einfacher Handwerker!

Der Herzog lässt bitten. Leonardo verlässt Florenz und bricht nach Mailand auf.

Leonardo trifft den »Schwarzen Tod«

Die Menschen sterben wie die Fliegen, die Ärzte sehen ihnen dabei zu und auch der Herzog ist machtlos.

Mailand 1484/85: Der »Schwarze Tod« geht um. Es wütet die Pest, die schlimmste Krankheit, die man sich nur vorstellen kann. Die Menschen sterben wie die Fliegen, die Ärzte sehen ihnen hilflos dabei zu und auch der Herzog ist machtlos. Das muss eine Strafe Gottes sein, so glauben viele und ergeben sich in ihr trauriges Schicksal.

Die in der Stadt und in den Häusern herumliegenden Leichen werden eingesammelt und in riesige Gruben geworfen. An allen Ecken und Enden der Stadt lodern Feuer, in denen die Kleidung der Pestkranken verbrannt wird. Da man glaubt, dass die Seuche durch die Luft übertragen wird, fügt man dem Feuer Kräuter hinzu und hofft, damit eine weitere Ausbreitung der Pest zu unterbinden. Ein furchtbarer Gestank und eine aussichtslose Lage!

Die erste Müllabfuhr

Leonardo hält sich die Nase zu. In dieser Stadt *tobt* nicht nur die Pest, diese Stadt *ist* die Pest! Seit drei Jahren lebt er nun schon hier und von Anfang an schimpft er über die erbärmlichen Zustände in der riesigen Stadt, die eine der größten Europas ist, aber, weiß Gott, keine der fortschrittlichsten. Was für ein Unterschied zu dem viel kleineren, aber viel moderneren Florenz! In Mailand wohnen mehr als hundertfünfzigtausend Menschen auf engstem Raum zusammen. Leonardo, der selbst so sehr auf Sauberkeit und ein gepflegtes Äußeres achtet, sich sogar regelmäßig wäscht, was sonst kaum jemand tut, kann nicht verstehen, wie man so leben kann, in diesem furchtbaren Schmutz und in diesem widerlichen Gestank! Er begreift die Menschen nicht, die »wie Ziegen dicht zusammen leben und jedes Viertel mit ihrem Gestank verpesten«. Ja, *verpesten* ist wirklich der richtige Ausdruck dafür, kein Wunder, dass sich die schreckliche Seuche wieder einmal in Mailand ausbreitet.

»

Die Menschen werfen ihren Müll aus den Fenstern, ins Wasser, auf die Straße.

Leonardo geht den Dingen auf den Grund, er blickt tiefer und beobachtet eindringlicher als andere, und er denkt nie zuvor gedachte Gedanken – das tut er oft, auch in der Zeit dieser furchtbaren Seuche. So stellt er fest, dass die Pest nur in der Stadt grassiert, nicht aber auf den Dörfern, hier bleiben die Menschen gesund. Durch die Luft kann die Krankheit seiner Meinung nach nicht gekommen sein, denn Luft gibt es in der Stadt genau wie auf dem Land. Und auch für eine Strafe Gottes hält Leonardo die Pest nicht. Er erkennt: Das Problem ist der Dreck! Die Menschen werfen ihren Müll aus den Fenstern, ins Wasser, auf die Straße. Der Abfall vergammelt dort, wo er zu liegen kommt. Die vielen Tiere freut das, sie werden dick und satt und vermehren sich schnell, vor allem die Ratten, die in riesigen Scharen durch die Stadt und die Häuser laufen.

Ohne Müll kein Gestank, ohne Müll keine Pest. Die Lösung ist so genial wie einfach: Der Müll muss weg, so weit weg von den Menschen wie nur möglich. Das gelingt Leonardo, indem er Boote auf den zahllosen kleinen Kanälen durch die Stadt fahren lässt, er organisiert die erste funktionierende Müllabfuhr.

Langfristig muss sich in Mailand aber noch mehr ändern, so erklärt er dem Herzog, und Leonardo hat auch schon eine Idee. Er zeichnet Mailand als eine ideale Stadt, mit doppelstöckigen Straßen und Kanälen, einer unsichtbar verlaufenden Abwasserentsorgung, automatischen Toilettenanlagen und unterirdischen Dienstbotengängen. In seiner Vorstellung und auf dem Papier entsteht eine saubere, perfekt organisierte Stadt ohne Schmutz und Gestank, mit glücklichen, gesunden Menschen.

Leonardo arbeitet nun schon seit mehreren Jahren für den Herzog, als »Ingeniarius Ducalis«, als herzoglicher Ingenieur. Fünfhundert Golddukaten erhält er jedes Jahr, das ist nicht umwerfend viel, aber Leonardo kommt mit seinem Lohn gut über die Runden, selbst dann, wenn er sich regelmäßig einen seiner geliebten rosafarbenen Seidenmäntel schneidern und sich vom Barbier rasieren und frisieren lässt.

Alles, was Leonardo damals in seinem Bewerbungsschreiben erwähnt hatte, hat der Herzog dankbar aufgegriffen. Er schätzt Leonardos Talente sehr und hört sich dessen Vorschläge immer mit größtem Interesse an. Häufig staunt er und manchmal muss er lachen, denn dieser Mann aus Vinci hat wirklich wunderbare und ausgefallene Ideen. Pferdeställe mit Kanalisation, Häuser mit frei schwebenden Treppen ...

Leider besitzt der Herzog gar nicht so viel Geld wie Leonardo zu glauben scheint und wie nötig wäre, um all seine Ideen in die Realität umzusetzen. Aber das Genie aus Vinci darf sich an allem probieren, der Herzog hat immer ein offenes Ohr. So schlägt Leonardo Lösungen für die Kuppel des Mailänder Domes vor, er entwirft neue Paläste, Kathedralen und Befestigungsanlagen, Schiffswege und Kriegsausrüstungen. Als Wasserbauingenieur sorgt er dafür, dass frisches Wasser, aus den Alpen kommend, in die Innen-

Wohin blickt die junge Frau und wohin das kleine weiße Tier auf ihrem Arm?

stadt Mailands fließt, und er versorgt das herzogliche Badezimmer mit warmem Wasser.

Ein unbefriedigender Auftrag

Ja, der Herzog braucht ihn für alles Technische, das weiß Leonardo einerseits sehr zu schätzen (und dafür hatte er sich in seiner Bewerbung ja schließlich auch angepriesen), aber andererseits möchte er gerne wieder malen. Für diesen Wunsch hat der Herzog bisher wenig Verständnis gezeigt und auch wenig Verwendung gehabt, von einem kleinen Bild, das seine 17-jährige Geliebte, Cecilia Gallerani, zeigt, einmal abgesehen (Abb. S. 46).

Seinen ersten malerischen Auftrag in Mailand erhält Leonardo deshalb auch nicht von Ludovico Sforza, sondern von den Geistlichen der Kirche San Francesco Grande. Sie möchten ihre

«

Als die geistlichen Brüder das Gemälde das erste Mal zu Gesicht bekommen, sind sie empört.

Kirche mit einem Marienaltar schmücken und Leonardo soll das Bild der Maria malen. Die geistlichen Brüder wünschen sich, dass ihr Mantel mit der teuersten blauen Farbe gemalt werden soll, die es gibt, hergestellt aus geriebenen Edelsteinen. Leonardo kommt dieser Forderung nach und malt Marias Kleidung in schönstem Ultramarin. Er malt sie mit Jesus, Johannes und einem Engel, zart, voller Gefühl und wunderschön anzusehen. Ihre Gesichter strahlen vor dem dunklen Hintergrund. Helle und dunklere Partien gehen wunderbar weich ineinander über, das ist typisch Leonardo, nur er kann das so unverwechselbar (Abb. S. 48).

Als die geistlichen Brüder das Gemälde das erste Mal zu Gesicht bekommen, sind sie empört. Nein, dieses Bild wollen sie nicht, trotz des kostbaren Ultramarins, so etwas haben sie ja noch

Drei Jahre malte Leonardo an einem Bild für die Kirche San Francesco Grande. Nach einem Streit malte er diese zweite Version.

nie gesehen! Maria und die drei anderen sitzen vor einer düsteren Grotte, einer Höhle, und Maria hat ihren Arm nicht um Jesus, sondern um den kleinen Johannes gelegt. Der kleine Jesus sitzt dafür so bedenklich nahe an einem felsigen Abgrund, dass er im nächsten Augenblick hinab zu stürzen droht. Keine Mutter würde ihr Kind dort absetzen. Der Engel neben Jesus blickt dem Betrachter direkt und fast ein wenig aufdringlich in die Augen und zeigt mit ausgestrecktem Zeigefinger auf Johannes, sehr ungewöhnlich! Zusätzlich empören sich die geistlichen Herren darüber, dass keine der vier Figuren einen Heiligenschein trägt. Was Leonardo damit bloß zum Ausdruck bringen will?

Später wird das Bild den Namen »Maria in der Felsengrotte« erhalten.

Obwohl Leonardo brav die fehlenden Heiligenscheine ergänzt, sind die Kirchenmänner nicht bereit, den vereinbarten Lohn zu zahlen. Es kommt zu einem Streit und Leonardo behält das Bild bei sich. Vielleicht, so denkt er, findet sich ja ein anderer Interessent dafür, einer, der zu zahlen bereit ist, weil er die kunstvolle Ausführung des Gemäldes zu schätzen weiß, das »Sfumato« und das »Chiaroscuro«, also die weichen Übergänge und das Hell-Dunkel.

Zur Not wird er eben später noch ein ähnliches Bild für die Kirchenbrüder malen. Leonardo ärgert sich. Von einem durchschlagenden Erfolg als Maler kann bisher noch immer nicht die Rede sein ...

So hätte es aussehen sollen, das Reitermonument für Ludovico Sforza. Doch Leonardo sollte seinen Traum von dieser riesigen Bronzestatue nie verwirklichen.

Ein Pferd, ein Ball, das »Abendmahl« und eine Flucht

Wenn bloß die Zeiten friedlich bleiben! Keiner wünscht sich das so sehr wie Leonardo.

Der Krieg ist aus, endlich! Der Herzog hat sich mit Venedig verbündet und Leonardo schließlich mit dem Bau der heiß ersehnten Reiterstatue beauftragt. Leonardo ist überglücklich. Wenn er ganz ehrlich sein soll, war diese Statue ja der Grund, warum er überhaupt in den Dienst des »Moro« getreten war.

In Gedanken sieht er das Pferd schon genau vor sich: schreitend und mit dem linken Vorderhuf ein Wassergefäß umstoßend und als Reiter darauf Francesco Sforza, Ludovicos Vater (Abb. S. 50). Mit mehr als acht Metern Höhe soll es die größte Statue werden, die die Menschen je gesehen haben. Wenn bloß die Zeiten friedlich bleiben und der Herzog die Bronze statt für Waffen für sein lang ersehntes Riesenpferd verwenden kann! Keiner wünscht sich das so sehr wie Leonardo und täglich arbeitet er an seinem Lieblingsauftrag.

Zusammen mit Luca Pacioli, einem befreundeten Mathematiker aus der Umgebung, rechnet er aus, wie viel Material dafür benötigt wird. Sie kommen auf eine Menge von siebzig Tonnen, nicht gerade wenig, und das, obwohl das Kunstwerk natürlich innen hohl gefertigt werden soll. Im Moment braucht Leonardo für sein Pferd allerdings noch gar keine Bronze, denn zunächst muss er zeichnen, dann kleine Modelle fertigen und später ein riesiges Modell aus Ton formen. Und er muss sich Gedanken über die technische Ausführung des bronzenen Kunstwerkes machen. Das kann dauern.

Ein »Ball der Planeten« für die schöne Isabella

Ludovico hat sich ein klein bisschen verliebt, Isabella heißt die Schöne und hat vor kurzem seinen Neffen geheiratet. Ludovico war so nett und hat die Hochzeitsfeierlichkeiten für das junge Paar ausgerichtet. Wenn er will, kann er wirklich großzügig sein: Er hat nicht nur für Essen, Trinken und Unterhaltung gesorgt, sondern auch sämtliche fünfhundert Hochzeitsgäste neu einkleiden lassen! Einige Zeit später organisiert er der jungen Ehefrau zu Ehren einen Maskenball mit »Showeinlagen«, den »Ball der Planeten«. Ludovico will Isabella und allen anderen Gästen einen unvergesslichen Abend bereiten. Leonardo ist für den Ablauf der Feierlichkeiten zuständig, er entwirft die Kostüme und die Bühnendekoration und plant verschiedene Überraschungen für den Abend. Auch darin, das weiß der Herzog inzwischen, ist der Mann aus Vinci ein Genie.

» Sterne, die Sonne und der Mond drehen sich tanzend um die Erde.

Als sich am Festtag um Punkt Mitternacht der Vorhang unterhalb der Schlosskuppel öffnet, bleiben den Zuschauern die Münder offen stehen. Ein künstlicher Vulkan spuckt Feuer und Steine und eine große Maschine setzt sich in Bewegung, die den Lauf der Planeten nachstellt. Sterne, die Sonne und der Mond drehen sich tanzend um die Erde. Ja, um die Erde, denn man glaubt, dass die Erde das Zentrum des Planetensystems ist.

Leonardo macht sich seit langem Gedanken über Erde und Mond, und er widerspricht der gängigen Meinung, der Mond sei eine reflektierende Scheibe, in der sich das Bild der Erde spiegelt. Über seine Planetenkonstruktion staunen die Leute zu Recht. Die Musik des Orchesters ist laut genug, um die Geräusche der Maschine zu übertönen, und die vielen sich drehenden Kugeln erscheinen wie von Geisterhand bewegt. Im Mittelpunkt des Ganzen taucht, strahlend schön wie die Sonne, die ganz in Weiß gekleidete Isabella auf. Das Fest ist ein Riesenerfolg, noch Jahre später erzählen die Gäste von dem besonderen Ereignis und sind stolz, dabei gewesen zu sein.

Der Traum vom Pferd zerrinnt wie flüssige Bronze

In der Zwischenzeit ist Leonardo mit seinem Pferd gut vorangekommen. Er hat zunächst aus Ton ein Modell des Pferdes hergestellt, das genauso groß ist und genauso aussieht wie das geplante Bronzekunstwerk. Von diesem Modell wird später die Gussform für den Bronzeguss abgenommen werden. Das Modell ist zerbrechlich und empfindlich, aber die Bürger Mailands bestaunen das Pferd schon jetzt wie ein Wunderwerk. Sobald nun die Gussform hergestellt ist, ist der wichtigste und größte Teil der Arbeit vollendet, und die Bronze kann geschmolzen werden.

Doch alles kommt anders und dem Herzog bricht es fast das Herz. Die Franzosen stehen vor den Toren der Stadt. Sie drohen damit, Mailand zu besetzen und die Sforzas zu verjagen. Ludovico bleibt nichts anderes übrig: Er muss die siebzigtausend Kilogramm Bronze, die er für Leonardos Pferd reserviert hatte, für Waffen verwenden.

Ein »Abendmahl« zur Versöhnung

Der Herzog weiß, wie enttäuscht Leonardo ist. Er macht ihm deshalb ein Angebot, das ihn etwas versöhnen soll. Ein Bild muss her, ein ganz besonderes, und Leonardo soll es malen. Riesig soll es werden, fast zehn Meter breit und entsprechend hoch, eine ganze Wandfläche ausfüllend und mit vielen Figuren darauf. Es soll das letzte Abendmahl Christi darstellen und den Speisesaal des Klosters Santa Maria delle Grazie, das Refektorium, schmücken. Abendmahlsszenen sind ein beliebtes Motiv für Refektorien, und der Herzog hat den Kontakt zu den Klosterbrüdern bereits hergestellt.

Soweit es möglich ist, lässt der Prior, der Vorsteher des Klosters, Leonardo freie Hand bei der Ausführung. Eine Abendmahlsszene muss natürlich zeigen, wie Jesus am Abend vor seiner Gefangennahme zusammen mit seinen Freunden, den Jüngern, bei einem

»Einer von euch wird mich verraten!

letzten gemeinsamen Mahl sitzt. Man erwartet von Leonardo also: Jesus, zwölf Jünger, einen Tisch, darauf Essen und Getränke. Das ist ein Bild ganz nach Leonardos Geschmack, und er stürzt sich in die Vorbereitungen.

Zunächst begutachtet er die Wand, auf der das Bild entstehen soll. Leonardo soll es als sogenanntes Fresko direkt auf den Putz malen, davor graut ihm ein bisschen. Diese Art der Malerei, mit nasser Farbe auf nassen Grund, erfordert ein zügiges Arbeiten, doch Leonardo ist ein sehr bedächtiger Maler. Er überlegt sich jeden Pinselstrich genau, manchmal mehrere Stunden.

Die erste entscheidende Frage, die sich Leonardo stellt, ist die nach dem »richtigen Moment«. Welchen Augenblick während des Abendmahls will er im Bild festhalten? Auf allen ihm bekannten und vergleichbaren Darstellungen des Abendmahl, sitzen die Freunde friedlich zusammen, essen, trinken und unterhalten sich.

Leonardo aber möchte etwas anderes zeigen, nämlich die dramatische Szene, als Jesus während des Essens zu seinen Freunden die bedeutungsvollen und prophetischen Worte sagt: »Einer von euch wird mich verraten!« Die Jünger bekommen einen furchtbaren Schrecken, denn jeder glaubt, Jesus könnte gerade ihn meinen. Und so rufen alle durcheinander: »Meinst du etwa mich?«

Leonardo entschließt sich, genau diesen Moment darzustellen, genau diese Sekunde des Erschreckens, in der die Seelen der Männer am meisten bewegt sind. Bewegungen des Gemüts, »moti dell'animo«, wiederzugeben, zählt seit seiner Lehre bei Verrocchio zu seinen Spezialitäten.

Leonardo zeichnet, entwirft, skizziert. Als dann, nach vielen Monaten, die Vorbereitungen beendet sind, beginnt die Arbeit an der Klosterwand, die Arbeit des Malens.

Um kein nasses Bild auf nassen Untergrund malen zu müssen, hat Leonardo sich eine andere Technik überlegt: Zunächst trägt er zwei dünne Gipsschichten auf die Wand auf und bemalt diese mit Temperafarben, bestehend aus Öl und Wasser. Die fertigen Partien versieht er mit einer schützenden Schicht, einer Lasur. Hoffentlich wird das halten ...

Jeden Morgen, kurz nach Sonnenaufgang, betritt Leonardo das Kloster. Er begibt sich zum Refektorium, klettert auf das dort stehende Gerüst, das Gemälde befindet sich nämlich ziemlich weit oben an der Wand, und beginnt mit der Arbeit. Häufig malt er bis zum Abend, so lange, bis er kaum noch seine Hand vor den Augen erkennen kann.

An manchen Tagen allerdings steht er einfach stundenlang vor dem Bild und betrachtet die bereits fertigen Figuren. Dem Klostervorsteher wäre es viel lieber, wenn Leonardo ununterbrochen tätig wäre, ohne seinen Pinsel je aus der Hand zu legen. Genau das sagt er ihm. Leonardo hört sich die nörgelnden Kommentare des Priors schweigend an und macht so langsam weiter wie bisher.

Eines Tages platzt dem Vorsteher der Kragen. Er eilt zum Herzog, schimpft und beschwert sich über die unerhörte Langsamkeit des Malers. Er drängt Ludovico, Leonardo zu schnellerem Arbeiten zu zwingen. Um des lieben Friedens willen lässt der Herzog Leonardo zu sich kommen und berichtet ihm über die Beschwerden. Leonardo schätzt den Herzog als verständnisvollen Zuhörer und erklärt ihm, »dass erhabene Geister bisweilen am meisten schaffen, wenn sie am wenigsten arbeiten ...«. Ob der Prior einen solchen Satz hätte durchgehen lassen? Der Herzog jedenfalls hat Verständnis und hört geduldig zu. Leonardo berichtet weiter, dass sein Werk fast vollendet ist, auf dem Bild nur noch zwei Köpfe fehlen. Zum einen der des Christus, der das größte Problem darstellt, denn für sein Gesicht ein Vorbild zu finden, hält Leonardo für eine fast aussichtslose Sache. Weder auf der Erde noch in seiner

»

Leonardo erklärt, dass erhabene Geister bisweilen am meisten schaffen, wenn sie am wenigsten arbeiten.

Vorstellung gibt es ein solch schönes Gesicht, das zu einem Mensch gewordenen Gott passen könnte. Das andere Problem: Judas. Auch er schwierig, denn wie kann man passende Gesichtszüge für einen solch bösen Charakter, für den schlimmsten Verräter finden? Leonardo verspricht, zumindest nach letzterem zu suchen. Bald danach beendet er das Wandbild – soweit es ihm möglich ist. Für den Judas fällt ihm ein passendes Gesicht ein, den Christus aber lässt er unvollendet.

Wer das Refektorium betritt und zum ersten Mal auf Leonardos Wandgemälde blickt, dem stockt der Atem, das Bild ist mit keinem bisher je gemalten zu vergleichen (Abb. S. 66/67)! Unverkennbar handelt es sich um ein Abendmahl, Jesus sitzt an dem gedeckten Tisch, links und rechts von ihm jeweils sechs Männer unterschiedlichen Alters, seine Jünger. Doch was hat Leonardo aus diesem Thema gemacht: Neuartig und überraschend ist die Größe der Männer, die darauf zu sehen sind, lebensgroß hat Leonardo sie gemalt, so, dass jedes Detail, jeder Gesichtsausdruck, genau zu erkennen ist und sich jede Regung nachempfinden lässt. Die Jünger reagieren ganz individuell auf den gerade ausgesprochenen, schockierenden Satz – »Einer von euch wird mich verraten!« – ungläubig, empört, abwartend. Einige von ihnen sitzen in unterschiedlichen Haltungen am Tisch, andere sind aufgesprungen, ihre innere Erregung zeigt sich an der Bewegung ihrer Körper und an den Gebärden ihrer Hände.

Den unglaublichsten Eindruck aber erweckt Leonardo mit einem optischen Trick: Der gemalte Raum, in dem Leonardos Abendmahlstisch steht, sieht aus als sei er die gemalte Verlängerung des realen Refektoriums, ein sagenhafter Effekt, den der Künstler mithilfe einer neuen Entdeckung, der Linearperspektive[1], ganz meisterhaft umgesetzt hat.

Vier Jahre hat Leonardo an seinem berühmtesten Werk gearbeitet, er betrachtet es als fertiggestellt, obwohl das Gesicht Jesu unvollendet bleibt. Das tut dem Erfolg des Gemäldes keinen Abbruch, wer es zu sehen bekommt, rühmt es in den höchsten Tönen.

Der Herzog fort, das »Abendmahl« beendet, das Pferd kaputt

Solange das tönerne Modell des Pferdes existiert, gibt Leonardo die Hoffnung nicht auf, auch dieses Werk irgendwann einmal zu vollenden. Vielleicht lässt sich in Friedenszeiten die Bronze der Kanonen wieder einschmelzen?

Die bronzenen Waffen erfüllen ihren Zweck, die Feinde verschwinden. Doch nur für kurze Zeit, schon bald sind sie mit Ver-

---

[1] Die Linearperspektive ahmt im Bild die menschliche Wahrnehmung nach, nach der in Wirklichkeit parallel verlaufende Linien, zum Beispiel Eisenbahnschienen, so wirken, als würden sie in der Ferne in einem Punkt zusammenlaufen.

stärkung zurück, Leonardos Verteidigungsanlagen nützen wenig und die französischen Streitkräfte dringen in die Stadt ein. Der Herzog flieht, die französischen Soldaten verwüsten, morden und plündern. Auch das Tonpferd schlagen sie entzwei. Damit stirbt Leonardos letzte Hoffnung, das Werk jemals zu Ende zu bringen. Der Herzog ist fort, das »Abendmahl« beendet, das Pferd kaputt.

Leonardo ist ratlos, was soll er jetzt tun? Voller Enttäuschung schreibt er in sein Notizbuch: »Der Fürst hat seinen Staat, seinen Privatbesitz und seine Freiheit verloren, und keines seiner Vorhaben wurde erreicht.«

Und was ist mit dem »Abendmahl«? Das scheint in Leonardos Augen gar nicht zu zählen, der Ärger und die Trauer über das verlorene Pferd sind zu groß.

Mit Ingil nach Ilopanna

»Suche Ingil, sag ihm, dass du ihn Amorra erwartest und ihn Ilopanna begleitest«, notiert Leonardo in diesen Tagen den Entwurf eines Briefes in sein Notizbuch. Was können diese rätselhaften Worte bedeuten?

Liest man die unbekannt klingenden Worte rückwärts, wird der Sinn dieses Satzes klar: Leonardo bietet dem französischen Grafen Ligny (Ingil) seine Dienste an. Er will ihn in Rom (a Roma/ Amorra) erwarten und nach Neapel (a Napoli/Ilopanna) begleiten. Nach dem Scheitern des Herzogs von Mailand sucht er einen neuen Mäzen, ganz einfach.

So unkompliziert wie Leonardo es sich vorstellt, ist der Wechsel von einem wohlwollenden Arbeitgeber zum nächsten aber nicht. Ohne sich weiter um Leonardos Schreiben zu kümmern (oder ohne es zu verstehen?), reist Graf Ligny wieder ab.

Nun aber befindet sich Leonardo in einer richtig vertrackten Situation. Der »Moro« plant seine Rückkehr nach Mailand. Und all jene, denen man den Versuch der Kollaboration mit den Fran-

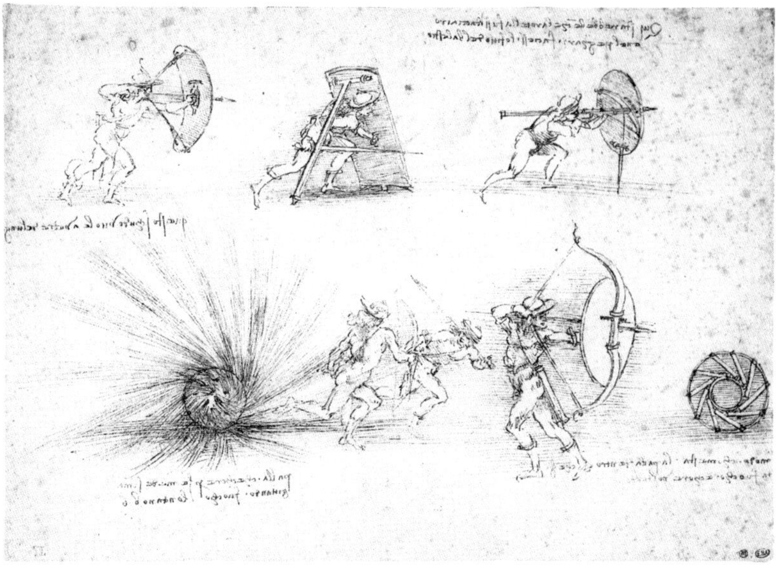

Leonardos Fantasie kannte keine Grenzen, auch dann nicht, wenn es um die Erfindung von Kriegsgeräten ging.

zosen nachweisen kann, sollen hart bestraft werden. Leonardo kennt den Herzog seit vielen Jahren und er kennt ihn gut. Er weiß, dass er jetzt in großer Gefahr schwebt. Er plant seine Flucht und notiert, was er vorher noch erledigen muss: »Lasse zwei Koffer herrichten. Und Decken für den Maultiertreiber (...). Kaufe Tisch- und Mundtücher, Barette, Schuhe, vier Paar Hosen, (...). Drehscheibe von Alessandro. Verkaufe, was du nicht mitnehmen kannst.«

Leonardo flüchtet in das eine Tagesreise entfernte Venedig und wartet ab, was passiert.

In Venedig kann man in dieser Zeit ein Genie wie Leonardo gut gebrauchen. Ein Mann, der Taucheranzüge, U-Boote, Unterwasseratmungsgeräte und verschiedenste Kriegsmaschinen erfinden und möglicherweise sogar bauen kann, ist hier sehr willkommen (Abb. S. 59). Die Venezianer befürchten nämlich einen Angriff der Türken. Neben der Pest ist das eine der schlimmsten Gefahren, die einer Stadt in diesen Jahren drohen kann. Als Spezialist für alle Fragen rund ums Wasser hat Leonardo sich einen guten Ruf erworben. Für den Fall, dass die türkischen Truppen auf dem Landweg vorrücken, schlägt er vor, müsse man den nordöstlichen Grenzfluss über die Ufer steigen lassen, das ganze Tal müsse mit Wasser volllaufen, sodass keiner der vordringenden Türken weiterkäme.

Auch für den Fall, dass die Türken die Stadt vom Meer aus angreifen wollen, hat Leonardo einige Ideen parat, wie man sie in die Flucht schlagen könnte: Mit U-Booten, die sich den Schiffen unbemerkt nähern, mit Männern in Taucheranzügen und mit Atmungsgeräten, die die feindlichen Schiffe von unten anbohren und zum Sinken bringen sollen.

Wie erwartet greifen die Türken Venedig an, vom Meer aus. Und Venedig trägt einen Sieg davon, allerdings ohne von Leonardos Tauchern oder U-Booten Gebrauch zu machen. All seine neuartigen und vielversprechenden Kriegsmaschinen lässt er absichtlich unvollendet als Zeichnung zurück, denn er ahnt »die abgrundtiefe Boshaftigkeit der Menschen, welche mit dieser Erfindung in der Lage wären, sich auch noch am Grunde des Meeres umzubringen«. Und er will mit seinen Konstruktionen nicht zu einer solchen Entwicklung beitragen.

Leonardo kehrt Venedig den Rücken und reist über Mantua zurück in seine Vaterstadt Florenz. Wieder einmal ist er arbeitslos, dabei gäbe es doch so viel zu tun ...

Zurück in Florenz

In Florenz ist die Konkurrenz unüberschaubar groß geworden. Die Stadt hat sich verändert.

Florenz 1501: Diesen Michelangelo kann Leonardo einfach nicht leiden. Immer wieder erinnert der ihn an sein unvollendetes Bronzepferd, eine Geschichte, an die Leonardo gar nicht gerne zurückdenkt. Und auch noch in aller Öffentlichkeit macht er sich über ihn lustig.

Erst vor kurzem ist Michelangelo zurück in seine Heimatstadt Florenz gekommen. Als er fünf Jahre zuvor nach Rom aufgebrochen war, hatte ihn kaum jemand gekannt, jetzt ist er ein europaweit berühmter Mann. Und das allein wegen seiner in Marmor gehauenen Maria mit dem toten Jesus, seiner »Pietà«, die er für den Petersdom in Rom geschaffen hat.

Die Konkurrenz

Leonardo hegt gegen Michelangelo ähnliche Vorurteile wie gegen alle Bildhauer: Bildhauer benötigen zum Arbeiten nicht ihren Kopf, sondern nur ihre Muskeln. »Das lässt sich dadurch beweisen, dass der Bildhauer bei der Ausführung seines Werks seine Arme anstrengen muss (...), was eine rein mechanische Arbeit ist, bei der er häufig sehr ins Schwitzen kommt, sich der Schweiß mit Staub

So sehr Isabella d'Este auch bat und bettelte: Mehr als eine Vorzeichnung für ein Gemälde fertigte Leonardo nicht von ihr.

vermischt und in Schmutz verwandelt; sein Gesicht ist verschmiert und ganz mit Marmorstaub bedeckt, sodass er wie ein Bäcker aussieht, außerdem ist er ganz von winzigen Schuppen überzogen, als hätte es auf ihn geschneit; seine Wohnung ist schmutzig, voll Steinsplittern und Marmorstaub«, schreibt Leonardo in eines seiner Notizbücher.

Und dann dieser »David«! Seitdem Michelangelos neuestes Werk, die riesige Marmorstatue eines jungen Mannes, im Zentrum von Florenz steht, muss Leonardo besonders häufig an sein eigenes, nicht vollendetes Kolossalwerk denken. Der Erfolg dieser Michelangelo-Skulptur ist umwerfend, die Leute sind überwältigt. Dabei ist Michelangelos David splitternackt und steht trotzdem an öffentlicher Stelle, so etwas hat es seit der Antike, also seit mehr als tausend Jahren nicht gegeben. Michelangelo erntet für seinen Riesen die Anerkennung, die Leonardo selbst sich so sehr für sein bronzenes Pferd erhofft hatte. Und fast hat es den Anschein als besäße sein Konkurrent die Fähigkeit, Unmögliches zu vollbringen: Der Marmorblock, aus dem er die riesige Statue geschlagen hat, galt als nicht mehr zu gebrauchen, als wertlos. Auch ihm, Leonardo, hatte man den Stein angeboten, er aber hatte dankend abgelehnt! Auch das weiß natürlich die halbe Stadt ...

« Auch ihm, Leonardo, hatte man den Stein angeboten, er aber hatte dankend abgelehnt.

Die Situation in Florenz ist für Leonardo ganz anders als in Mailand. In Mailand, als rechte Hand des Herzogs, hatte er alle Freiheiten genossen, die er sich nur hatte wünschen können, dort war er nicht nur Maler, sondern *der* Mann, *das* Genie für alles gewesen.

In Florenz dagegen ist die Konkurrenz unüberschaubar groß, in den zwölf Jahren seiner Abwesenheit hat sich die Stadt sehr verändert. Neben Leonardo und Michelangelo leben und arbeiten viele begabte Künstler hier – Sandro Botticelli, Filippino Lippi, Pietro Perugino und wie sie alle heißen.

Sogar den »göttlichen« Raffael zieht es bald danach nach Florenz, allerdings nur, damit er in Leonardos Nähe sein kann.

Seit Leonardo sein »Abendmahl« im Refektorium des Mailänder Klosters vollendet hat, hat sich auch sein Talent herumgesprochen. Er gilt seither als einer der größten lebenden Künstler Italiens. Was kunstinteressierte Touristen doch alles bewirken können! Dabei hat er oft gar keine Lust, überhaupt einen Pinsel in die Hand zu nehmen, lebt stattdessen lieber in den Tag hinein. Finanzielle Sorgen hat der Künstler vorerst keine, noch von Mailand aus hat er sechstausend Golddukaten auf sein Konto in Florenz überwiesen. Ohne neue Aufträge annehmen zu müssen, kann er von diesem Geld eine Weile leben und eine Zeit lang genau das tun, was er am liebsten macht: seinen Gedanken nachhängen, Ideen skizzieren und seine Notizbücher mit allem füllen, was ihm durch den Kopf geht.

Zwei Aufträge

Er kann es sich sogar erlauben, Aufträge abzulehnen, zu denen er keine Lust hat, das sind solche, bei denen der Auftraggeber schon vorher bestimmen will, wie das Bild am Ende aussehen soll. Solch ein Auftragsbild nach genauen Maßgaben wünscht sich zum Beispiel Isabella d'Este, eine der mächtigsten Frauen Italiens. Sie will unbedingt von Leonardo gemalt werden und lässt einfach nicht locker, spioniert regelrecht hinter ihm her. Sogar seinen Onkel hat sie auf ihn angesetzt, Leonardo fallen schon keine Ausreden mehr ein, um diese aufdringliche Kunstsammlerin abzuwimmeln. Eine Zeichnung macht er von ihr, aber zu einem Gemälde kommt es nie (Abb. S. 62). – Das malt viele Jahre später, lange nach Leonardos Tod, ein anderer großer Maler namens Tizian.

»Madonna mit der Spindel« heißt dieses Bild, aber wo ist eine Spindel? Auf dieser Kopie wurde sie vergessen.

Für »Das letzte Abendmahl« wählte Leonardo eine neue Technik. Bereits zu seinen Lebzeiten bekam es Risse und ganze Teile der Malerei blätterten von der Wand ab.

Ist das ein optischer Trick? Betrachtet man das Bild eine Weile, so scheint Maria mit ihrer Mutter Anna zu einer Person zu verschmelzen.

Ganz anders der Auftrag vom Sekretär des französischen Königs: Der hat bei Leonardo nämlich ein Madonnenbild bestellt und keine weiteren Vorgaben gemacht, das ist ganz nach Leonardos Geschmack. Für ihn malt er die »Madonna mit der Spindel«, darin setzt er Maria vor eine furchterregende Landschaft, den kleinen Jesus auf ihrem Schoß malt er als verspieltes Kleinkind, das lachend nach den Spindeln in Marias Hand greift (Abb. S. 65). Außerdem wendet er einen ganz besonderen Kniff an: Er malt die Figuren mit einer »Torsion«. Sie wirken in sich gedreht, ihre Beine weisen in eine andere Richtung als die Gesichter. Mit diesem Kunstgriff erreicht Leonardo, dass es so aussieht, als hätten sich sowohl Maria als auch Jesus vor einer Sekunde noch bewegt. Diese Idee, einen Moment in der Bewegung festzuhalten, hatten Künstler zuletzt vor mehr als tausend Jahren bildlich umgesetzt.

Man könnte fast meinen, die beiden Frauenfiguren zeigten ein und dieselbe Person in zwei verschiedenen Bewegungsstadien.

In seinem Gemälde »Anna Selbdritt« geht Leonardo sogar noch einen Schritt weiter. Er malt Maria zusammen mit ihrer Mutter Anna und dem kleinen Jesus. Maria sitzt auf dem Schoß ihrer Mutter. Während Anna reglos und still den kleinen Jesus (Abb. S. 68) zu ihren Füßen betrachtet, beugt sich Maria zu ihm hinunter. Man könnte fast meinen, die beiden Frauenfiguren zeigten ein und dieselbe Person in zwei verschiedenen Bewegungsstadien. Dieser Eindruck wird noch dadurch verstärkt, dass ihre Gesichter völlig gleich aussehen und sie ganz ähnlich lächeln. Blickt man eine Weile konzentriert auf das Bild, so gewinnt man den Eindruck, Maria bewege sich tatsächlich und beuge sich in einer Drehung nach unten. Was für ein genialer Einfall von Leonardo! Wie seltsam, dass auch auf Michelangelos Bildern schon bald darauf ähnliche Motive auftauchen. Wo er wohl die Idee dafür geklaut hat?

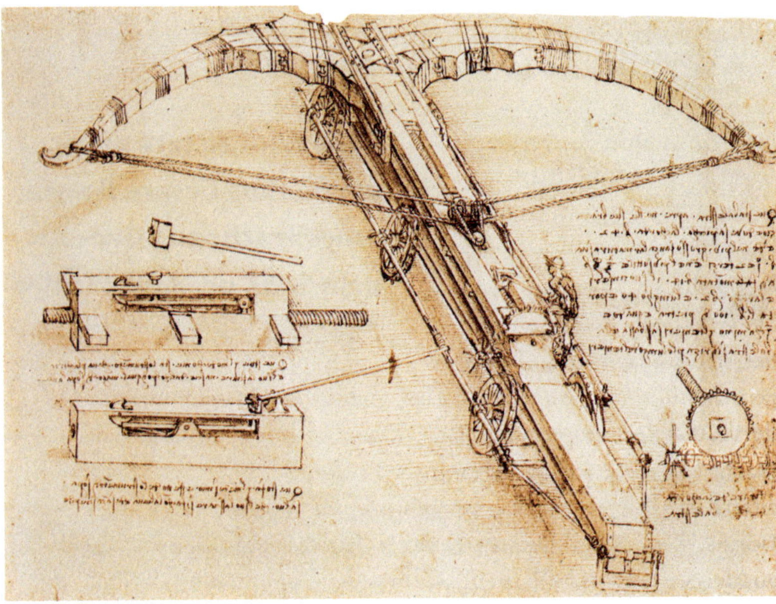

Mit Zeichnungen wie diesen weckte Leonardo das Interesse manch eines machthungrigen Herrschers, der vor allem im Sinn gehabt haben mag, seine Feinde zu töten. Leonardo machte sich damit zu einem gern gesehenen Gast bei Hofe.

Im Dienst des Tyrannen

Ganz Rom zittert davor, von Herzog Cesare Borgia umgebracht zu werden, dem Sohn des regierenden Papstes.

Während Leonardo noch in Venedig U-Boote zeichnet, sich Gedanken über Seekriege macht und den Angriff der Türken erwartet, ist auch in Rom der Teufel los. Angst und Schrecken regieren die Stadt. Jede Nacht findet man in Rom ein paar Ermordete. Die ganze Stadt zittert davor, vom Herzog umgebracht zu werden, von Cesare Borgia, dem Sohn des regierenden Papstes. Seit dieser Papst zusammen mit seiner Frau und seinen Kindern im Vatikan wohnt, herrscht in Rom Chaos, und Cesare ist dafür maßgeblich verantwortlich. Als man Juan, den älteren der Papstsöhne, erdolcht im Tiber findet, ist jedem in Rom sofort klar: Das war Cesare! Dem ist eben jedes Mittel recht, um Konkurrenten aus dem Weg zu räumen.

Im Namen des Papstes zieht Cesare los, um alle Gebiete zurückzuerobern, die einst dem Kirchenstaat gehörten.

Nach 18 Monaten Krieg, in denen unzählige Menschen zu Tode kommen, gehört ihm 1502 das gesamte mittlere Italien.

Diesen Cesare Borgia müsste man als Auftraggeber gewinnen, diesem Mann gehört die Zukunft! Immer wieder geht Leonardo dieser Gedanke durch den Kopf. Ein Mann, der auf nichts und niemanden Rücksicht zu nehmen braucht, würde sich sicher leichter von seinen fantastischen Ideen begeistern lassen als all die sparsamen Pfennigfuchser in Florenz. Dieser machtbesessene Cesare kann doch ganz bestimmt all das bestens brauchen, was Leonardo so gerne konstruiert und plant: Belagerungsgeräte, Flugmaschinen, Wurfgeschosse und vieles andere mehr (Abb. S. 70).

Der Herzog lässt den inzwischen schon fünfzigjährigen Künstler tatsächlich zu sich bitten.

Mit dem Herzog als Arbeitgeber hätte Leonardo auch gleich den Papst auf seiner Seite, sehr praktisch, dann könnte sich sein Traum von Rom doch noch erfüllen …

Von Florenz aus bittet Leonardo also um einen Termin bei Cesare Borgia und der Herzog lässt den inzwischen schon fünfzigjährigen Künstler tatsächlich zu sich bitten.

Als sie sich gegenüberstehen, sind beide voneinander fasziniert. Cesare erkennt Leonardos umwerfende Intelligenz, seine überragend schnelle Auffassungsgabe und seine Fantasie. Und Leonardo sieht in dem gutaussehenden und eigentlich ganz sympathisch wirkenden jungen Mann vor allem den Eroberer. Dieser Mann will sich die Welt aneignen, genau wie er selbst, wenn auch mit anderen Mitteln. Cesare benutzt für seine Welteroberung todbringende Waffen, Leonardo benötigt zu diesem Zweck nur seinen Verstand, seine Augen und seine Kunst.

Cesare willigt in Leonardos Stellengesuch ein. Zu tun gibt es schließlich genug.

Nach so vielen Jahren beim Herzog von Mailand begibt sich Leonardo also noch einmal in den Dienst eines skrupellosen

Machtmenschen. Einen Brudermörder, Giftmischer und grausamen Heerführer als Arbeitgeber? Was soll's! Was Cesare Borgia mit seinen vielen Feinden macht, kann ihm, Leonardo, doch egal sein. Er kehrt Florenz leichten Herzens den Rücken. Seit der Mönch Girolamo Savonarola hier gepredigt hat, herrscht ohnehin eine düstere Stimmung in der Stadt.

Bei Cesare Borgia wird Leonardo belohnt mit einer der interessantesten und verantwortungsvollsten Aufgaben, die er sich nur wünschen kann, er wird Militäringenieur. Und Leonardo soll für den Herzog zeichnen.

Die Vermessung der Stadt

Von Imola, seiner Lieblingsstadt, die er zu einer uneinnehmbaren Festung umbauen lassen will, wünscht sich Cesare eine Bestandsaufnahme. Leonardo, der Militäringenieur, hat genaue Vorstellungen, wie eine solche Zeichnung aussehen könnte. Auf keinen Fall eine dieser üblichen Stadtansichten. Nicht die Schönheit der Stadt soll Leonardos Zeichnung zeigen, sie soll als Plan der Stadt dazu dienen, sich in Imola zurecht zu finden, alle Orte einfach und schnell zu erreichen. Im Kopf hat Leonardo noch immer das Bild von Florenz, so wie er es vor vielen Jahren von der Domkuppel aus gesehen hatte. Wie mit den Augen eines Vogels hatte er damals in die Häuserschluchten geblickt, hatte die Wege rund um den Dom in Gedanken entlang spazieren können. Genau das müsste die Zeichnung einer Stadt zeigen, jedes einzelne Haus nicht von der Seite, sondern in der Draufsicht, so als sei der Betrachter ein Vogel, oder als säße er in einer Flugmaschine. Natürlich kann auch Leonardo sich nicht einfach in die Lüfte schwingen, um den ungewohnten Blickwinkel für seine Zeichnung zu bekommen, so gerne er das auch würde. Er muss anders

« Leonardo hält den ersten Stadtplan der Weltgeschichte in seinen Händen.

vorgehen: Bevor er zum Zeichenstift greift, muss er die Stadt genau vermessen, nicht aus der Luft, sondern zu Fuß, beim Durchschreiten der Straßen, Gassen und Höfe. Abgesehen von seiner genialen Idee benötigt er dazu einen Kompass, mathematische Kenntnisse und ein Gerät, mit dessen Hilfe er die Länge der Wege abmessen kann. Er baut es sich kurzerhand selbst, einen kleinen Wagen, einer Schubkarre ähnlich, und mit einer Konstruktion von Zahnrädern versehen. Sein Assistent schiebt die kleine Vermessungskarre, Leonardo zeichnet, schreibt und rechnet. Nach dem Abschreiten einer jeden Straße notiert er ihre Länge und Position, das Gerät liefert ihm die genauen Zahlen. Jeden Hauseingang, jeden Innenhof, jeden Mauergrundriss zeichnet er in seinen Plan. Nach vielen Tagen Arbeit ist er fertig (Abb. S. 75).

Das Ergebnis kann sich sehen lassen: Leonardo hält den ersten Stadtplan der Weltgeschichte in seinen Händen.

Und nicht nur das – mit dieser Zeichnung hat er eine neue Sicht auf die Welt erschaffen, die »Vogelperspektive«.

Auf der Felsenburg

In den Wintermonaten des Jahres 1502 wohnt Leonardo zusammen mit Cesare Borgia auf der Rocca, der Felsenburg der Stadt. Häufiger Gast in dieser Zeit ist Niccolo Machiavelli, auch Leonardo macht seine Bekanntschaft und freundet sich mit ihm an. Aber auf Dauer sind kalte Festungsmauern, ein machthungriger Mörder als Arbeitgeber und dazu ein Schriftsteller, der Cesare Borgia in seinen Werken verherrlicht, nicht gerade die Atmosphäre, in der sich Leonardo wohlfühlt.

Auch außerhalb der Burg von Imola geht es nicht beschaulich zu: Als es in diesem Winter zu Unruhen kommt, lässt Cesare einen seiner ehemaligen Vertrauten mit einem Schwert in zwei Teile hacken. Dann verfügt er, die Leiche zusammen mit dem blutigen Schwert auf dem Marktplatz aufzustellen. Nur wenige Tage später

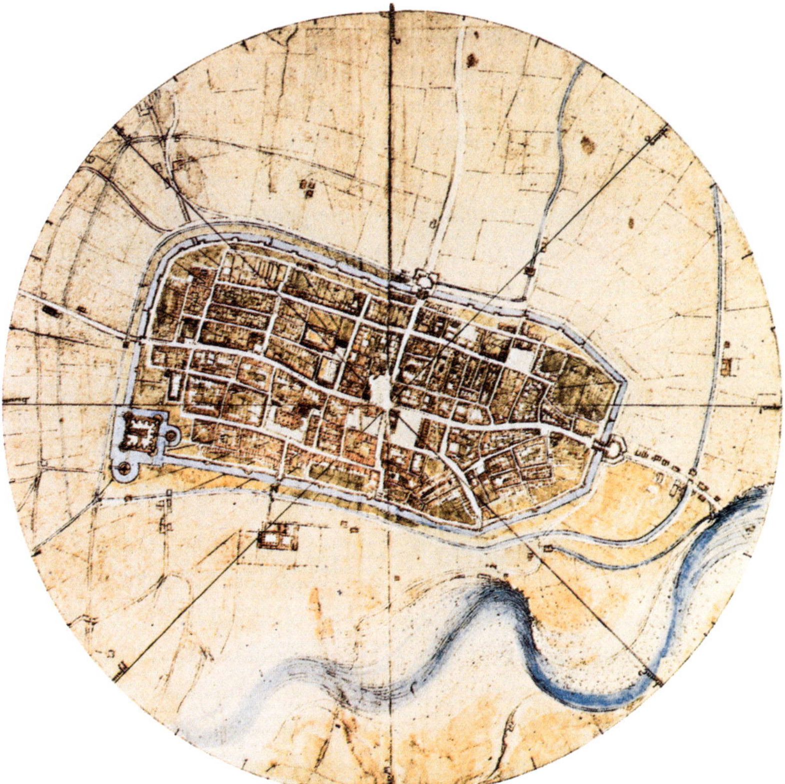

Der erste Stadtplan und ein völlig neuer Blick auf die Welt: direkt von oben, wie aus den Augen eines Vogels betrachtet.

kommt es zu einer Meuterei, ein Großteil von Cesares Leuten hat sich inzwischen gegen ihn verbündet und Cesare droht das Ende seiner Macht. Als der Herzog davon Wind bekommt, beschließt er: Auch diese Treulosen müssen sterben. In der Neujahrsnacht lässt er sie kaltblütig hinrichten, auf eigens errichteten Stühlen qualvoll erwürgen.

Jetzt reicht es Leonardo. Einer der Ermordeten war seine Freund. Die Zeit bei Cesare Borgia ist für ihn beendet. Leonardo verlässt Imola und bricht wieder einmal nach Florenz auf.

Leonardo träumt vom Fliegen und Tommaso hebt ab

Leonardo ist sich sicher: Mit der richtigen Technik kann ihm das Fliegen gelingen.

Immer wieder kommt Leonardo in den Sinn, wie ihm damals die Knie gezittert hatten, als er gemeinsam mit seinem Lehrer Verrocchio oben auf der Kuppel des Florentiner Domes gestanden hatte. In mehr als hundert Metern Höhe hatten sie eine, in der Werkstatt seines Meisters hergestellte, kupferne Kugel als krönenden Abschluss auf der Spitze des Kirchendaches montiert. Um sie herum nur endlose Weite und unendliche Tiefe. Leonardo hatte das Gefühl gehabt, mitten im Himmel zu stehen.

Hier oben waren ihm verschiedene Gedanken durch den Kopf gegangen: Dieser Filippo Brunelleschi, der Konstrukteur der gigantischen Domkuppel, musste ein Genie gewesen sein. Mit dieser Kuppel war ihm etwas gelungen, was kein anderer zuvor gewagt hatte, nie zuvor war in solch einer Höhe gebaut worden. Und noch dazu eine Kuppel! Kein anderer hätte ein solches Gebilde für machbar gehalten, das allem widersprach, was man bis dahin von der Schwerkraft wusste.

Schon damals auf dem Kirchendach hatte sich Leonardo diesem Brunelleschi irgendwie verwandt gefühlt. Hatte nicht auch er

alles in Frage gestellt? War nicht auch für ihn die Erfahrung der wichtigste Lehrer gewesen? Brunelleschi hatte gezeigt, dass man nicht auf das hören darf, was der gängigen Meinung entspricht. Wer Erfolg haben will, muss sich zur Not die Ohren verschließen, um unverzagt an dem weiter zu arbeiten, was ihm an Gedanken und auch an Träumen durch den Kopf spukt.

Jetzt, Jahre später, träumt Leonardo noch immer einen seiner größten Träume. Am liebsten würde er sich einfach in die Lüfte erheben wie ein Vogel. Wie schön müsste das sein, die kriegslüsterne Welt unter sich zu lassen, alle Sorgen zu vergessen und in eine neue Welt vorzustoßen...

Nun, damit ein Traum kein Traum bleibt, benötigt man vor allem eine perfekte technische Ausstattung. Da ist sich Leonardo

» Vögel sind Flugmaschinen.

sicher: Mit der richtigen Technik kann ihm auch das Fliegen gelingen. Auf einige erfolgreiche Versuche kann er bereits zurückblicken, zum Beispiel auf die mit seinen kleinen, aus Wachs hergestellten und mit Luft gefüllten Tieren, die er vor Jahren während seiner Spaziergänge geformt hatte. Vor seinen Augen hatten sie sich in die Lüfte erhoben, die Spaziergänger erfreut, bis sie bei nachlassendem Wind wieder zu Boden gefallen waren.

Sein Leben lang träumte Leonardo vom Fliegen. Es blieb beim Traum: keines seiner Fluggeräte erhob sich je in den Himmel.

Natürlich haben diese Spielereien der Vergangenheit nicht viel mit echtem Fliegen zu tun. Doch vorausgesetzt, er konstruierte eine Maschine, die den Flug der Vögel nachahmt, ein Gerät, das einem Vogel ähnelt, so muss es ihm gelingen, denn »Vögel sind Flugmaschinen«, so schreibt er in sein Notizbuch. Er ist davon überzeugt, dass er schon bald einer staunenden Menschenmenge einen »großen Vogel« wird präsentieren können.

Zunächst muss er die Bewegungsabläufe der fliegenden Objekte am Himmel genauestens studieren, nicht nur die der Vögel, sondern auch die der Wolken. Auch sie schweben weit über dem Erdboden und bewegen sich. Leonardo zeichnet sie und hofft, über ihr Aussehen Erkenntnisse über Luftströme, Auf- und Abwinde zu erlangen.

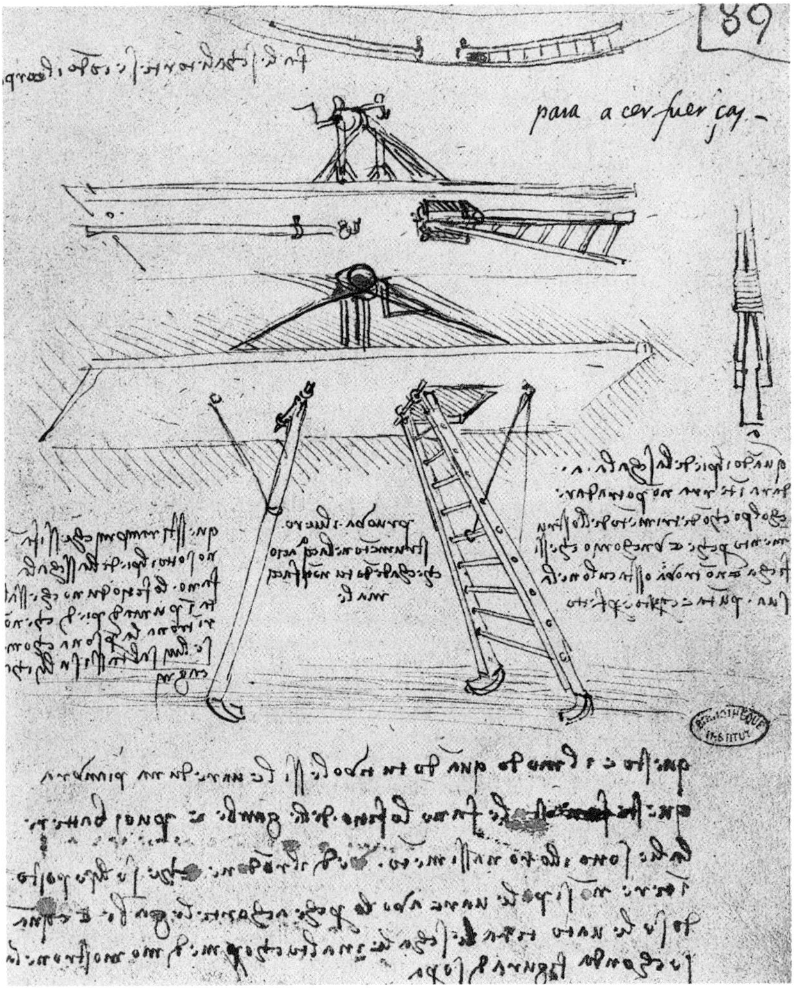

Nach vielen Jahren, in denen er unzählige Studien und Untersuchungen durchgeführt hatte, wusste Leonardo, wie eine Flugmaschine aussehen und gebaut werden muss.

Nicht mit den Augen eines Künstlers, sondern mit denen eines Wissenschaftlers beobachtet er den Flug der Vögel und versucht, jede einzelne Bewegung mit seinen Blicken zu erfassen, vom Start bis zur Landung. Er möchte begreifen, wie einem Vogel das Abheben gelingt, er überlegt, wie Vögel ihren Flug steuern können, fragt sich, wie sie in der Luft bleiben, ohne wieder in die Tiefe zu stürzen. Er zählt die Flügelschläge während des Abflugs, des Gleitens und des Sturzfluges, schneidet tote Vögel und Fledermäuse auf und untersucht ihre Muskulatur. Dabei entdeckt er, dass die Brustmuskulatur einen großen Teil des Körpergewichts dieser Tiere ausmacht. Die Erkenntnisse aus seinen Untersuchungen beschreibt er mit Worten und Bildern und füllt damit mehrere seiner Notizbücher (Abb. S. 79, 80).

« Tommaso kann es kaum erwarten, endlich vom Erdboden abzuheben.

Dann, nach vielen Jahren ist es soweit! Endlich weiß Leonardo, wie eine Flugmaschine für Menschen aussehen und gebaut werden muss. Alles, was er dazu benötigt, ist einfach zu beschaffen: leichtes Holz für das »Skelett«, stärkeres Holz für die massiveren Konstruktionen, Hanf zum Verschnüren der einzelnen Teile sowie die Haut von fliegenden Fischen oder, falls die Fischhäute nicht zu bekommen sind, einfaches, dünnes Leder zum Beziehen der Schwingen. Leonardo baut alles zusammen, genau so, wie er es zuvor notiert hat. Zusammen mit seinem jungen Assistenten Tommaso Masini geht er noch einmal all ihre Funktionen durch. Der hört gut zu, was sein Meister erklärt, denn er hat in dieser Fluggeschichte eine wichtige Aufgabe: Er wird die Maschine fliegen, wird die riesigen Flügel mithilfe seiner kräftigen Arme auf und nieder bewegen und sich dann – hoffentlich – in die Lüfte erheben.

Gemeinsam betrachten Leonardo und Tommaso die Konstruktion, den »großen Vogel« mit seinen riesigen Schwingen. Ein kleinerer Flügel, eine Art Schwanz, soll als Steuerhilfe dienen. Zwischen den Flügeln befindet sich die Gondel, in der Tommasos Platz sein wird. Von hier aus wird er das Fluggerät steuern, indem er sich leicht hin und her bewegt.

Tommaso kann es kaum erwarten, endlich vom Erdboden abzuheben. Er sieht sich bereits als der erste fliegende Mensch in die Geschichte eingehen. Auch Leonardo selbst freut sich – auf die staunenden Gesichter, die die Leute machen werden, und auf den Ruhm, den er und sein Vogel ernten werden. Voller Zuversicht notiert er in sein Notizbuch: »Der große Vogel wird seinen ersten Flug (…) unternehmen. Er wird die ganze Welt mit Staunen und alle Schriften mit seinem Ruhm erfüllen, und dem Ort, wo er geboren wurde, zu ewiger Herrlichkeit gereichen.«

Der große Tag

Am nächsten Morgen stehen Leonardo und Tommaso auf dem Monte Ceceri, der höchsten Erhebung vor Florenz. Die beiden Männer positionieren die Flugmaschine nur wenige Meter von der Stelle entfernt, an der ein Steinbruch in dem Hügel klafft. Unter ihnen, in der Ferne, liegt das Häusermeer der Stadt.

Während Leonardo Tommaso mit Bändern und Lederriemen an den Flugapparat schnürt, versammeln sich immer mehr Schaulustige. Die Nachricht von dem geplanten Flugversuch hat sich verbreitet wie ein Lauffeuer – egal, wie die Sache ausgeht, interessant wird es in jedem Fall …

Leonardo blickt sorgenvoll. Natürlich macht er sich Gedanken um seinen jungen Assistenten. Was, wenn der »große Vogel« nicht so fliegen wird wie erhofft und erprobt? Was, wenn Tommaso etwas zustößt?

Tommaso selbst scheint diese Möglichkeiten gar nicht in Betracht zu ziehen. Strahlend steht er da, die Arme samt Flügeln ausgebreitet und abflugbereit. Er lacht den Herumstehenden übermütig zu und freut sich, dass sie schon jetzt begeistert seinen Namen rufen: »Viva, Tommaso! Es lebe Tommaso!« Wie sie ihm erst zujubeln werden, wenn er hoch über ihnen durch die Lüfte schweben wird!

Leonardo ahnte, dass eine solche Konstruktion fliegen könnte. Erst mehr als fünfhundert Jahre später gelang der Bau des Hubschraubers, der auf identischer Idee des »Luftschraubens« basiert.

Zur Polsterung bindet Leonardo dem Flugpiloten noch mehrere leere, aufgeblasene Weinschläuche um den Körper. Vielleicht lassen sich damit im Falle eines Absturzes zumindest die schlimmsten Verletzungen verhindern. In diesem Moment schwört sich Leonardo: Sollte Tommaso irgendetwas zustoßen, so wird dies sein letzter Flugversuch mit einem lebenden Menschen sein. Dann wird er sich fortan ausschließlich theoretisch mit dem Fliegen beschäftigen, nur noch in Gedanken und auf dem Papier.

Alle Vorkehrungen sind getroffen. In gespannter Erwartung verfolgen die Menschen jede Bewegung der beiden Flugkünstler. Jetzt wird es ernst. Leonardo gibt Tommaso das vereinbarte Zeichen, der schickt noch ein kurzes Gebet zum Himmel, dann läuft er los, so schnell er kann, direkt auf den steilen Abgrund des Steinbruches zu. Während er läuft, spürt er den Wind unter die Flügel greifen, bemerkt jeden seiner Schritte leichter werden. Er jubelt »Ich kann fliegen!« und springt mit ausgebreiteten Flügeln vom Rand des Abgrunds in die Tiefe ...

Stunden später findet Leonardo seinen Assistenten schwer verletzt im Steinbruch liegen, die Flügel sind zerbrochen, die Rettungspolster geplatzt, und Tommaso, blutüberströmt, klagt über Schmerzen am ganzen Körper. In seiner grenzenlosen Enttäuschung über den missglückten Flugversuch ist Leonardo erleichtert, dass wenigstens sein mutiger Pilot überlebt hat.

Glück im Unglück. Leonardo hatte mit noch Schlimmerem gerechnet: Nachdem er beobachtet hatte, wie Tommaso für einen kurzen Moment durch die Luft gesegelt war, hatte er innerlich bereits triumphiert. Dann aber waren Tommasos Arme ganz plötzlich samt Flügeln nach oben geklappt. Der Pilot war wie ein nasser Sack in die Tiefe des Steinbruchs geplumpst und aus Leonardos Blickfeld verschwunden. Wie hatte das nur passieren können? Ob vielleicht die Muskelkraft eines einzelnen gar nicht ausreicht, um die beweglichen Flügel waagerecht halten zu können? Man müsste vielleicht nur ein paar Dinge verändern ...

Leonardo denkt an sein Versprechen. Zwar hat Tommaso überlebt, aber wie leicht hätte die Geschichte ein böses Ende nehmen können. Nie wieder unternimmt Leonardo einen realen Flugversuch, zwar denkt er sich weiterhin Fluggeräte aus, aber sie bleiben Entwürfe, Zeichnungen samt Gebrauchsanweisungen auf Papier.

»Wenn ein Mensch einen Pavillon aus dichter Leinwand hat, 12 Ellen breit und 12 Ellen hoch, wird er sich aus jeder Höhe herunterwerfen können, ohne Schaden zu nehmen«, schreibt er in sein Notizbuch und illustriert die Sätze mit dem Bild eines von ihm erfundenen Fallschirmes. Und er zeichnet eine Konstruktion, die sich beim Drehen wie eine riesige Schraube in die Luft bohrt (Abb. S. 83). Was er nicht ahnt: Er hat den Hubschrauber erfunden, ein Fluggerät, das erst fünfhundert Jahre später zum ersten Mal gebaut werden wird.

Eine Schlacht, eine schöne Frau und – nochmal ein Pferd!

Krieg ist eine grausame Sache. Diese Botschaft versteht jeder, der Leonardos Zeichnungen betrachtet.

Florenz 1503/04: Leonardo ist verzweifelt. Die Stadt Florenz hat ihn mit einem Bild für den neuen Ratssaal im Palazzo della Signoria beauftragt, einem Bild, das ein besonderes Ereignis aus der Geschichte der Stadt zeigen soll, die »Schlacht von Anghiari«. Ein Wandgemälde soll es werden und Leonardo ist darüber alles andere als glücklich. Die für Wandgemälde übliche Freskotechnik, die ein zügiges Arbeiten verlangt, liegt ihm nicht. Schon bei seinem »Abendmahl« in Mailand hatte er sich um eine Ausführung »al fresco« gedrückt.

Soll er wieder, wie im Mailänder Refektorium, mit Temperafarben auf eine Gipsschicht malen? Wirklich zufrieden war er mit dieser Technik schon damals nicht und er bezweifelt außerdem, dass das »Abendmahl« ewig halten wird ...

Bei seinem Schlachten-Wandbild wird er anders vorgehen. Er wird einfach so tun als sei die Wand aus Holz, und sie entsprechend behandeln: Er wird sie mit Ölfarbe grundieren und, wie er es von seinen Bildern auf Holz oder Leinwand gewöhnt ist, mit Ölfarben bemalen. Nur in dieser Technik kann er sich die Zeit lassen, die er für seine unglaublich effektvollen Malereien benötigt.

Mithilfe von Hitze lassen sich die Ölfarben mit der Wand verschmelzen, Leonardo hat es ausprobiert. Aber ob auch ein so großes Bild auf einer so riesigen Fläche halten wird?

Die Vorzeichnung, der Karton für das Gemälde, ist fertig, und alle, die ihn zu sehen bekommen, sind beeindruckt. Das Bild zeigt ein Schlachtengetümmel aus unmittelbarer Nähe, solch heftige Bewegungen hat man nie zuvor auf einer Zeichnung gesehen. Seine genauen anatomischen Kenntnisse waren Leonardo beim Entwurf dieses Bildes von großem Nutzen. Sieben Männer und mehrere Pferde sind im Kampf miteinander verflochten, drei von ihnen sind zu Boden gestürzt, werden von den reitenden Kriegern fast zu Tode getrampelt. Wie furchtbar gequält die Kämpfenden aussehen! Diese Männer sind keine Helden, die sich auf ihren Tod freuen, sondern Menschen, die qualvoll sterben werden. Krieg ist eine grausame Sache, die Botschaft versteht jeder, der die Zeichnung betrachtet – eine Botschaft, die bisher auf Schlachtengemälden keinen Platz hatte.

Als das Gerüst im Saal steht, kann die eigentliche Arbeit beginnen. Leonardo geht wie geplant vor. Zunächst eine Grundierung aus Öl, frisch angerührt und aufgetragen. Alles scheint zu funktionieren, wie Leonardo es sich erhofft und er überträgt einen Teil seiner Zeichnung auf die Wand. So kommt er langsam, Schritt für Schritt und Tag für Tag, voran, die Herren der florentinischen Regierung sind zufrieden und zahlen ihm sogar schon eine »schöne Summe Geld«. Doch schon bald passiert das Unglück. Wie an jedem anderen Tag rührt Leonardo die ölhaltige Grundierung an und trägt sie auf die Wand auf. Doch heute gelingt ihm die Mischung nicht, sie ist viel zu ölig und zu dickflüssig und zieht nicht in die poröse Wand ein. Als Leonardo anfängt zu malen, erkennt er, dass »alles zu verlaufen« beginnt, und bei dem Versuch, das Gemälde durch Hitzeeinwirkung zu retten, wird es nur noch schlimmer. Es ist wie verhext mit diesem Bild!

Bekanntschaft mit der »fröhlichen« Lisa

Mit sehr viel größerer Begeisterung als an der »Schlacht von Anghiari« malt Leonardo seit einiger Zeit an dem Bildnis einer jungen Frau. Als ihn vor längerem ein vornehmer, gut gekleideter Mann angesprochen und darum gebeten hatte, seine Frau zu porträtieren, hatte Leonardo nicht abgelehnt. Der Mann, ein Kaufmann namens Francesco del Giocondo, war dann eines Tages zusammen mit seiner jungen Ehefrau, die er liebevoll Lisa nannte, in Leonardos Werkstatt erschienen. Schnell wurde klar, dass sich dieser Auftrag für Leonardo finanziell lohnen würde, der Ehemann schien seine junge Ehefrau über alles zu lieben, und weil sie ihm kurz zuvor einen gesunden Sohn geschenkt hatte, wollte er ihr mit diesem Bild eine ganz besondere Freude machen, Geld spielte keine Rolle. Als sich der Ehemann namentlich vorgestellt hatte, hatte Leonardo lächeln müssen und für ihn stand augenblicklich fest, dass er das Bild der Lisa Gioconda, der »fröhlichen« Lisa, malen würde.

« Er fürchtet, dass ihm das Lächeln auf dem Gesicht der jungen Frau zu stark geraten ist.

Das erste Zusammentreffen zwischen Leonardo und Lisa Gioconda liegt inzwischen schon einige Jahre zurück, das Bild ist fast fertig, aber eben nur fast. Immer gibt es noch eine Kleinigkeit zu verbessern. Francesco del Giocondo fragt zwar regelmäßig nach, wann er das Gemälde endlich mitnehmen darf, doch Leonardo wagt weder, es ihm zu zeigen, noch dafür das vereinbarte Geld zu verlangen. Er fürchtet, dass ihm das Lächeln auf dem Gesicht der jungen Frau zu stark geraten ist. Und die einsame Landschaft im Hintergrund ist auch nicht gerade die Gegend, in der ein liebender Ehemann seine Frau sehen möchte, der

Kaufmann wäre sicher entsetzt (Abb. S. 37)... Leonardo hingegen ist das Bild inzwischen ans Herz gewachsen. Er lässt zwei weitere Jahre verstreichen, Mona Lisa ist seit Beginn der Porträtsitzungen um Jahre gealtert, lächelt auch nur noch, wenn er sie während des Modellsitzens mit musikalischen Darbietungen unterhält. Leonardo beschließt, das Bild zu behalten.

Ein sagenumwobenes Lächeln

Warum lächelt Leonardos »Mona Lisa«? Die Frage ist einfach. Die Antwort nicht. Mona Lisas Gesicht mit dem geheimnisvollen Lächeln gilt heute als das bekannteste Antlitz der Welt. Rund acht Millionen Menschen besuchen die schöne Italienerin jedes Jahr in ihrem französischen Zuhause, dem Louvre in Paris, kurios, wenn man bedenkt, dass gerade ihr Ehemann, Francesco dell Giocondo, der Auftraggeber, das Original-Bildnis seiner Frau nie zu Gesicht bekommen hat.

Mehr noch als ihr sagenhaftes Lächeln hat ihre spektakuläre Entführung zu ihrem Ruhm beigetragen. 1911 wurde die »Mona Lisa« aus dem gut bewachten Louvre geraubt. Wochen und Monate vergingen, ohne dass die Polizei eine heiße Spur zu der Schönen finden konnte. Zunächst vermutete man das Bild in Deutschland und verdächtigte zwischenzeitlich sogar Pablo Picasso, den Raub begangen zu haben. Im Louvre klaffte eine Lücke und die Menschen strömten herbei, um sie zu bestaunen. Irgendwann wurde Mona Lisas Platz neu besetzt und ihr Name aus den Listen der Bestandskataloge gestrichen. Dann, zwei Jahre später, die Überraschung: Völlig unerwartet taucht das Bild in Florenz auf und der sensationelle Diebstahl kann schnell aufgeklärt werden. Ein Italiener, der als Museumswärter im Louvre gearbeitet hatte, hatte das Bild mitgehen lassen, um es in die

» Zugegeben, Mona Lisa guckt nicht unfreundlich, aber lächelt sie wirklich?

gemeinsame Heimat Italien zurückzubringen. Das Gemälde schickte man nun auf eine kleine Tournee durch einige bedeutende Museen. Dann kam es wieder nach Paris.

Um Mona Lisas Lächeln zu betrachten und ihr in die Augen zu blicken, muss heute niemand mehr bis nach Paris fahren und sich in die Menschenschlange vor ihrer gepanzerten Vitrine einreihen. Ihr Bildnis ist das am häufigsten reproduzierte Gemälde der Welt. Warum widerfuhr gerade ihr dieses Schicksal? Es gibt doch hübschere Frauen als sie. Und andere, die viel strahlender lächeln. Das, was die junge Dame namens Lisa da zeigt, ist nicht unbedingt das, was man heutzutage noch unter einem Lächeln versteht. Auch Lächeln scheint der Mode zu unterliegen. Aus heutiger Sicht wirkt Mona Lisas Lächeln eher wie zwei leicht nach oben gezogene Mundwinkel. Eher wie das Gegenteil von schlechter Laune. Die junge Mutter wollte und sollte schließlich nicht unglücklich aussehen. Sie war verheiratet und hatte erst vor kurzem ihren zweiten Sohn zur Welt gebracht. Ihr Mann war stolz und glücklich, und sie war es sicher auch. Und falls sie es nicht war, sollte sie zumindest so aussehen.

Zugegeben, Mona Lisa guckt nicht unfreundlich, aber lächelt sie wirklich? Presst sie nicht vielleicht nur die Lippen zusammen, weil sie unter Zahnausfall litt? Oder an Depressionen, an zu hohen Blutfettwerten oder an Gesichtslähmung? War ihr Ende nahe? All das haben Ärzte bereits vermutet, per Ferndiagnose festgestellt, allein anhand des Bildes und ohne die Patientin!

Hielt man Mona Lisas Gesichtsausdruck früher tatsächlich für ein Lächeln? Liest man einen fast fünfhundert Jahre alten Kommentar zum Bild, dann erfährt man die Antwort: Ja! Das, was Mona Lisa um den Mund spielt, erkannte man zu Leonardos Zeit als ein eindeutiges Lächeln. Giorgio Vasari, der Künstlerbiograf, erzählt bald nach Leonardos Tod eine Geschichte über Mona Lisas Heiterkeit, die ihr unerklärliches Lächeln zu begründen versucht. Er formuliert: Während Leonardo da Vinci »die schöne Mona Lisa malte, unterhielt er ständig Leute, die musizierten, sangen oder Scherze machten, sie zu erheitern, um jenen melancholischen Zug zu vermeiden, den man so häufig an Porträts beobachten kann: und in Leonardos Porträt war ein so anmutiges Lächeln, dass es eher göttlich als irdisch anzusehen war ...«. Ja, Vasari, der fantasiebegabte Künstlerbiograf – alles darf man ihm nicht glauben und bedenken muss man auch, dass er das Gemälde nie zu sehen bekam.

Gut, einverstanden, Mona Lisa lächelt. Aber ausgerechnet wegen scherzender und musizierender Leute? Hatte nicht vielleicht der Auftraggeber, Lisas Ehemann, Leonardo darum gebeten, seine Frau lächelnd zu malen? Nicht sehr wahrscheinlich, denn bis dahin gab es keine Bilder von »gewöhnlichen« lächelnden Menschen! Maria, Jesus und Engel zeigten auf Bildern ein lächelndes Gesicht. Sterbliche Porträtierte aber hatten ernst zu blicken. Um ungewöhnlich lächelnd von der Leinwand zu grinsen, ließ man sich nicht malen, das wäre ungefähr so, als würde man sich heutzutage mit furchtbarer Grimasse vom teuersten Fotografen der Welt ablichten lassen. Warum also das Lächeln auf Mona Lisas Gesicht?

Mona Lisa ist auch bekannt unter ihrem Beinamen »La Gioconda«, denn sie war die Ehefrau Francesco del Giocondos. »Giocondo« bedeutet nichts anderes als »fröhlich«, »la Gioconda« also »die Fröhliche«.

Schon vor der Mona Lisa hatte Leonardo Frauen porträtiert. Ginevra de'Benci beispielsweise, eine wunderschön frisierte, blasse und sehr unglücklich dreinblickende junge Frau (Abb. S. 40). So erscheint sie zumindest auf Leonardos Gemälde. Wahrscheinlich war sie zu jener Zeit wirklich traurig, denn als das Bild gemalt wurde, befand sich ihr Geliebter, für den das Kunstwerk gedacht war, gerade nicht in ihrer Nähe. Leonardo malte sie vor einem Wacholderbaum, der ihren Kopf wie ein Heiligenschein umgibt.

Warum ausgerechnet Wacholder? Die Antwort ist einfach: Ginevra bedeutet »Wacholder«!

Und Cecilia Gallerani malte er mit einem lebenden weißen Hermelin auf dem Arm (Abb. S. 44). »Galee« ist der griechische Name für das kleine Wildtier. Der Hermelin ist höchstwahrscheinlich als Anspielung auf den Nachnamen Gallerani gedacht. Leonardo malte also Bilderrätsel, Wortspiele? Ja, möglicherweise.

Natürlich blieben Leonardo nicht viele Möglichkeiten, um die Fröhlichkeit der jungen Lisa »Gioconda« zu zeigen, mehr als ein sanftes Lächeln war nicht drin. »Aber vielleicht ließe sich der fröhliche Eindruck verstärken?«, mag er gedacht haben, und malte Mona Lisa vor einer düsteren Landschaft. Kilometerweit kann der Blick in die Tiefe schweifen, aber kein Mensch ist zu sehen. Bis auf eine kleine Brücke rechts im Hintergrund gibt es keine Spur menschlichen Lebens. Wer würde sich freiwillig hier aufhalten wollen? Mona Lisa tut es. Und lächelt sogar leicht dabei. Was für ein fröhlicher Mensch muss sie sein!

Was für ein fröhlicher Mensch muss sie sein!

Mona Lisas Bildnis gibt noch viele weitere Rätsel auf: Wohin guckt die Schöne? Ist die Mona Lisa vielleicht Leonardo selbst? Was hat es mit dem seltsamen Hintergrund auf sich? Warum hat Leonardo das Bild weder signiert noch datiert? Verbirgt die Mona Lisa ein Geheimnis?

Ja, vielleicht das größte überhaupt: Ist Mona Lisa möglicherweise eine ganz andere Dame? Auch das wurde gelegentlich geäußert und neuerdings auch fundiert begründet. Vergisst man einmal Vasari und seine Geschichte über die lächelnde Mona Lisa und bringt stattdessen das Bild der Schönen mit einer anderen Notiz in Verbindung, nach der Leonardo eine »gewisse Florentiner Dame« für Giuliano de'Medici gemalt haben soll, so könnte sich folgendes abgespielt haben: Seit 1513 hielt sich Leonardo in

Rom, in der Nähe Giuliano de'Medicis auf. Der junge Mann hatte eine Geliebte, Patricia Brandani, die von ihm schwanger wurde und bald nach der Geburt eines Sohnes starb. Erst nach dem Tod der jungen Frau erfuhr Giuliano von seinem unehelichen Nachkömmling und nahm den Jungen zu sich. Doch schon bald hatte er Scherereien mit dem Kleinen: Immer wieder fragte Ippolito nach seiner verstorbenen Mutter und war untröstlich, hielt gar die neue Frau des Vaters für seine »mamma«. Der Vater wusste sich nicht anders zu helfen und gab Leonardo den Auftrag, ein tröstendes, freundlich lächelndes Bildnis der Verstorbenen zu malen. Und deshalb lächelt die Frau auf dem Bild, die nach dieser Theorie zwar nicht Mona Lisa wäre, aber weiterhin als »La Gioconda« bezeichnet werden dürfte.

Fragen über Fragen und nur auf die letzte scheint es eine eindeutige Antwort zu geben: Ja, die Lächelnde verbirgt ein Geheimnis. Und so viel ist sicher – das letzte Rätsel um sie ist noch lange nicht gelöst.

Und noch einmal: Auf nach Mailand!

Endlich, endlich! In Mailand wünscht man sich wieder einmal ein Reitermonument, und Leonardo soll es machen. Diesmal ist es Gian Giacomo Trivulzio, französisch-italienischer Heerführer und Eroberer Mailands, der danach verlangt (Abb. S. 94). Leonardo kann sein Glück kaum fassen und hat es eilig, Florenz zu verlassen. Die »Schlacht von Anghiari« möchte er am liebsten gar nicht mehr sehen.

So einfach aber lassen ihn die Stadtherren von Florenz nicht weg! Bevor er nach Mailand aufbricht, muss Leonardo unterschreiben, dass er nach drei Monaten wieder zurück ist, um sein begonnenes Schlachtenbild zu Ende zu malen. Nach drei Monaten? Wie soll er ein riesiges Bronzepferd innerhalb so kurzer Zeit fertigstellen?

In Mailand angekommen, beginnt er sofort mit der Arbeit. Drei Monate sind schnell um, und nach dieser Zeit bittet Charles d'Ambois, der französische Statthalter von Mailand, in Florenz erstmals um eine Verlängerung für Leonardos Urlaub, bald darauf noch einmal. Aber die Vollendung des Pferdes ist noch immer nicht in Sicht.

Mittlerweile geht es in Mailand wieder zur Sache und schuld daran ist Papst Julius II. Dieser Papst liebt nicht nur die Kunst über alles, sondern auch Kriege. Nicht umsonst nennt man ihn auch »papa terribile«, den furchterregenden Papst. »Fuori le barbari!«, schallt es in dieser Zeit immer häufiger aus Rom, »Hinaus mit den Barbaren!«. Mit seinen päpstlichen Truppen will Julius II. die Franzosen nun endlich und für immer aus dem Land vertreiben und zieht gegen sie in den Krieg. Erfolgreich verjagt er General Trivulzio und alle anderen französischen Generäle samt Truppen über die Alpen zurück in ihre Heimat.

Für Leonardo bedeutet das wieder einmal: Bronzepferd ade! Doch es kommt noch schlimmer. Mit dem Verschwinden der Franzosen sind die Sforzas plötzlich wieder da und Leonardo schwebt – wie vor Jahren – in Lebensgefahr. Hals über Kopf verlässt er Mailand und flieht in die Villa seines Schülers Francesco Melzi, hier hält er sich in der nächsten Zeit versteckt. Auf das Bild der Anghiari-Schlacht warten die Herren in Florenz noch immer, Leonardo wird es nie beenden.

Zu Leonardos Glück gewinnt auch die Florentiner Familie der Medici wieder an Macht. Als der »furchterregende« Papst stirbt, wählt man Giovanni de'Medici zum neuen Kirchenoberhaupt in Rom, und er wird dann zu Papst Leo X. Der Bruder des neuen Papstes, Giuliano de'Medici, bittet Leonardo, nach Rom zu kommen und bietet ihm sogar Wohnung und Atelier in einem Flügel des päpstlichen Palastes an. Näher dran am Papst geht es nicht. Noch einmal hofft Leonardo: auf seine vielleicht letzte große Chance.

Noch einmal erhielt Leonardo den Auftrag für ein Bronzepferd. Doch auch diesmal hatte er damit kein Glück.

Leonardo macht die längste Reise seines Lebens

Der Misserfolg in Rom führt Leonardo nach Frankreich. Es wird die letzte Reise seines Lebens.

Rom 1515: Was für eine Enttäuschung! Rom, die »ewige Stadt«, scheint Leonardo nicht den erhofften Erfolg zu bringen. Zwei andere Männer haben geschafft, was ihm bisher nicht gelungen ist, sie haben den Papst für ihre Kunst begeistern können.

Der eine – wie könnte es anders sein – natürlich Michelangelo! Der andere ist ein sympathischer und wunderbarer junger Mann namens Raffael. Leonardo kennt ihn seit langem. Als er vor Jahren zusammen mit Mona Lisa in seinem Atelier in Florenz saß, kam Raffael ihn gelegentlich besuchen und er war von dem Bild der jungen Frau so begeistert, dass er beschloss, ein ähnliches Frauenporträt zu malen. Bevor er damit begann, fragte er Leonardo allerdings um Erlaubnis. Das hätte Michelangelo nie getan! Leonardo schätzt an Raffael nicht nur seine Malkunst, sondern auch seinen guten Charakter.

Der Papst schwärmt also für Michelangelo und Raffael. Ersterem hat er beispielsweise den Auftrag für die Deckenbemalung der Kapelle im päpstlichen Palast erteilt. Und Raffael, der blutjung die Wände der privaten Papstgemächer mit seinen Bildern verziert hatte, hat der entzückte Papst sogar zum Baumeister des gesamten Petersdoms ernannt!

Leonardo dagegen ist bei der Verteilung von Aufträgen abermals übergangen worden. Zwar soll er sich Gedanken darüber machen, wie man ein riesiges malariaverseuchtes Sumpfgebiet südlich von Rom trockenlegen könnte, und der Papst gibt ihm auch kleine Bilder in Auftrag, aber zu etwas ähnlich Großartigem wie Raffael oder Michelangelo erhält er keine Gelegenheit.

Leonardo nutzt seine freie Zeit wieder einmal für seine Forschungen. Noch immer hat er nicht endgültig klären können, wie ein menschliches Herz funktioniert, genau das versucht er nun herauszufinden. Im Belvedere des Vatikan, wo er unter einem Dach mit dem Papst lebt, baut er das Modell eines Herzens, lässt

»Vor diesem Leonardo muss man sich seitens der Kirche vorsehen, was der nicht schon alles herausgefunden hat!

Wasser hindurchströmen und studiert daran den Blutfluss. Im Krankenhaus Santo Spirito erhält er erneut die Gelegenheit, ins Innere eines Toten zu blicken. Diesmal muss er noch vorsichtiger sein als vor Jahren in Florenz, Papst Leo X. hat unbefugte Leichenöffnungen strikt verboten und das nahe am Vatikan gelegene Krankenhaus untersteht der päpstlichen Aufsicht. Vor diesem Leonardo muss man sich seitens der Kirche vorsehen, was der nicht schon alles herausgefunden hat! An oberster Kirchenstelle hört man gar nicht gerne, dass das menschliche Herz nichts weiter sein soll als ein einfacher Muskel. Das Herz ist doch der Sitz des Guten im Menschen. Wer weiß, was dieser Leonardo noch alles ans Tageslicht zu bringen imstande ist, das die Autorität der Kirche infrage stellen könnte? Das darf der Papst nicht zulassen.

Tatsächlich fliegt Leonardo auf, ein Verräter meldet dem Papst die nächtliche Aktion. Wenn da mal nicht einer seiner Konkurrenten dahintersteckt! Leonardos anatomische Studien an Menschen haben damit ein Ende, er führt seine Forschungen an Ochsenherzen fort. Er fühlt sich in seiner Arbeit behindert. Vielleicht ist es wieder einmal an der Zeit, einen anderen Arbeitgeber zu suchen?

Ein Spektakel für den König

Tatsächlich ergibt sich dazu schon bald eine Gelegenheit. Rund tausend Kilometer nordwestlich von Rom, im französischen Lyon, erwartet man einen Besuch des französischen Königs. Ihm zu Ehren planen die Bürger einen Festzug, und den hier lebenden Kaufleuten aus Florenz, die sich an der Ausschmückung beteiligen wollen, kommt eine Idee: Wer wäre für die Ausführung eines solchen Spektakels besser geeignet als Leonardo da Vinci? Man bittet den Künstler um Hilfe. Nach einigen Wochen trifft sein Festtagsbeitrag ein. Leonardo hat sich zu dem außergewöhnlichen Anlass etwas ganz Besonderes und Ausgefallenes ausgedacht: einen mechanischen Löwen, der sich – wie von Geisterhand gesteuert – alleine vorwärts bewegen kann.

Genau in dem Moment, als König Franz an den Florentinern vorbeizieht, setzt sich der Löwe in Bewegung. Das Tier geht einige Schritte auf den verdutzten König zu, bleibt stehen, stellt sich vor ihm auf die Hinterbeine, reißt sich mit seinen Pranken den Oberkörper auf und lässt zahllose weiße Lilien vor König Franz herniederregnen. Die Zuschauer dieses seltsamen Spektakels sind überwältigt und sprachlos, der König ganz besonders. Und als er im Herbst desselben Jahres Leonardo persönlich kennenlernt, ist er auch von ihm fasziniert.

Obwohl der König erst 21 Jahre alt ist, ist er der mächtigste Mann Europas. Er erkennt Leonardos außergewöhnliche Fähigkeiten, er bewundert dessen Wissen und Klugheit, und er lädt den alten Mann ein, zu ihm nach Frankreich zu kommen. Er verspricht ihm ein sorgenfreies Leben, ein kleines Schloss und ein regelmäßiges, außerordentlich hohes Einkommen. Ein fester Lohn – finanzielle Verhältnisse, von denen Leonardo nur träumen kann. Als einzige Gegenleistung erwartet der König Leonardos ständige Anwesenheit an seinem Hof.

»Mit seinen 63 Jahren ist Leonardo schon lange kein junger Mann mehr und er spürt sein Alter.

Mit seinen 63 Jahren ist Leonardo schon lange kein junger Mann mehr und er spürt sein Alter. Erst vor kurzem hat er einen Schlaganfall erlitten, sicher ein Zeichen der ständig zunehmenden »Verkalkung« seiner Adern ...

Seitdem ist er nicht mehr in der Lage, seine rechte Hand zu bewegen. Zum Glück ist er Linkshänder, kann also auch trotz dieser Beeinträchtigung weiter seinen künstlerischen Tätigkeiten nachgehen und auch schreiben.

Eine letzte Reise

Monatelang ringt Leonardo um eine Antwort. Immer wieder stellt er sich die Frage: »Was habe ich in Rom eigentlich noch verloren?« Als in diesem Jahr auch noch sein einziger Gönner und Förderer, Giuliano II. de'Medici, stirbt, entschließt sich Leonardo, der Einladung des Königs nach Frankreich zu folgen. Was hat er zu verlieren? Alles, was ihm lieb ist, nimmt er mit in sein neues Leben. Sein Schüler Francesco Melzi, sein Assistent Salai und der Diener Battista begleiten ihn auf seiner beschwerlichen Reise über die verschneiten Alpen in Richtung Norden. Zwischen Rom und dem kleinen Städtchen Amboise liegt eine beschwerliche Kutschfahrt von vielen Wochen, noch nie hat Leonardo eine solch weite

Reise gemacht. Ihm ist klar: Nach Italien wird er nie mehr zurückkehren.

Das Wichtigste aber hat er ohnehin immer dabei – seine Gedanken, die in seinem Kopf und die in seinen Notizbüchern notierten. Er lässt eine Kutsche mit seinem Gepäck beladen, darunter all die Dinge, die er nicht mehr aus den Augen lassen will. Als zwei Männer die Kiste mit Leonardos Notizbüchern, den Aufzeichnungen seines Lebens, auf die Kutsche stemmen, ächzt die Achse unter dem Gewicht. Mit im Gepäck sind auch drei von Leonardos Gemälden, an denen sein Herz hängt, unter ihnen die »Mona Lisa«.

Drei Monate vergehen, bis die Männer ihr Ziel erreichen. Leonardo bezieht mit seinen Reisebegleitern ein kleines Schloss, das nur einige Gehminuten von dem großen Schloss des Königs entfernt liegt. Ein unterirdischer Gang verbindet die beiden Häuser miteinander, so ist es dem König jederzeit möglich, Leonardo zu besuchen. Das tut er oft und gern. Er ist ganz berauscht von den Fähigkeiten des Künstlers, und sein größtes Vergnügen besteht darin, sich mit ihm zu unterhalten, ihm zuzuhören, von ihm zu lernen und an seinen Gedanken und Ideen teilzuhaben. Der König kann sich nicht vorstellen, dass es einen zweiten Menschen auf dieser Welt gibt, der ein so großes Wissen besitzt wie Leonardo.

« Nein, wahrhaftig, der König hat nicht zu viel versprochen, hier im Tal der Loire lässt es sich sorgenfrei leben.

Außer den Gesprächen mit dem König, hat Leonardo keine Verpflichtungen. Er kann all den Dingen nachgehen, die ihn interessieren. Nun endlich, mit fast 64 Jahren, hat er das erreicht, wovon er schon lange träumt.

Nein, wahrhaftig, der König hat nicht zu viel versprochen, hier im Tal der Loire lässt es sich sorgenfrei leben. Zwar scheint es in Frankreich kälter zu sein als in Leonardos Heimat, doch die Räume seines neuen Zuhauses sind wunderbar zu heizen. Auch sonst ist das Haus prachtvoll ausgestattet und von einem malerischen Garten umgeben. Blickt Leonardo zum Horizont, sieht er die sanften Hügel der nahen Weinberge, und schaut er hinab ins Tal, entdeckt er den sich sanft schlängelnden Fluss, der der ganzen Region eine liebliche Stimmung verleiht.

Leonardo ist zufrieden und geht seinen Forschungen nach. Er versucht zu ergründen, warum es Wolken gibt, warum es regnet, warum Wasser fließt, wie Wellen, Ebbe und Flut entstehen. In vielen Zeichnungen hält er die Bewegung des Wassers fest und erkennt als erster die Kugelgestalt eines Wassertropfens und somit die Oberflächenspannung des Wassers.

Am 24. Juni 1518 sitzt Leonardo wie so oft in seinem Arbeitszimmer und macht Notizen. Ein Geräusch schreckt ihn auf, vielleicht die Köchin, die zum Abendessen ruft. Mit den Worten »… die Suppe wird kalt«, beendet er für diesen Tag seine Aufzeichnungen. Es bleiben die letzten Worte, die von ihm bekannt sind.

In den folgenden Monaten geht es Leonardo immer schlechter, bald darauf spürt er den nahenden Tod. Er lässt einen Notar zu sich kommen, um ihm sein Testament zu diktieren. Für seine Stiefgeschwister in Florenz sieht er die Dinge vor, die er in Italien zurückgelassen hat, darunter das Landgut seines Onkels Francesco. Seine Haushälterin soll seinen Pelzmantel erhalten, und seinen Assistenten und den Diener bedenkt er mit seinem Garten in Mailand.

Sein treuer Schüler Francesco Melzi aber soll alleine all das erben, was von seiner Hand stammt, seine gesamten Notizen, alle Zeichnungen sowie seine Gemälde. Zehn Tage später ist Leonardo tot. Er wird in der Klosterkirche in Amboise beerdigt.

Verstreut in alle Winde

Leonardo ist tot. Zehntausend Blätter mit seinen Zeichnungen gehören nun seinem Schüler. Etwas Kostbareres kann er sich nicht vorstellen.

Voller Trauer schreibt Melzi an Leonardos Halbgeschwister: »Er war wie der beste aller Väter zu mir, solange meine Glieder zusammenhalten, werde ich die Trauer empfinden. Jeder muss über den Tod eines solchen Mannes betrübt sein, denn einen wie ihn zu erschaffen hat die Natur nicht mehr die Macht«.

Schon bald nach Leonardos Tod reisen seine Assistenten wieder nach Italien. Melzi bleibt allein zurück. Zehntausend Blätter mit Leonardos Zeichnungen und Notizen gehören nun ihm und er trägt die Verantwortung für sie, was für eine Aufgabe! Etwas Kostbareres als das, was da vor ihm liegt, kann er sich nicht vorstellen.

Um die beiden noch übrigen Gemälde – die »Mona Lisa« hat Leonardo kurz vor seinem Tod dem König geschenkt – macht Melzi sich keine Sorgen, allein die vielen Blätter und Notizbücher geben ihm Rätsel auf. Was soll mit ihnen geschehen?

Melzis Aufgabe

In den nächsten Monaten betrachtet, liest und sortiert er sie, von morgens bis abends tut er nichts anderes. Leonardos ganzes Leben liegt plötzlich vor ihm ausgebreitet. Melzi erinnert sich: Nie sah man seinen Lehrer ohne eines seiner Notizbücher. Er entdeckt simple Einkaufslisten, gleich daneben Prophezeiungen, Gedanken über den Ursprung der Welt und über den Sinn des Lebens. Er findet Zeichnungen von Flugapparaten, Kriegsmaschinen, Vögeln und ihrem Flug, Landschaften, Flussläufen, komischen Gesichtern, dem Inneren des Menschen, Stadtpläne und vieles, vieles mehr. Was alles in diesen Schriften steckt, lässt sich kaum erahnen, ihre Genialität ist nicht zu ermessen, von einem einzelnen schon gar nicht. Doch eines wird Melzi immer klarer: Das, was hier vor ihm liegt, könnte die Welt verändern, doch dafür muss die Welt es kennenlernen.

Da nur Melzi Leonardos spiegelverkehrte und kaum leserliche Handschrift entziffern kann, bleibt die Arbeit des Abschreibens an ihm hängen, zwei Sekretäre schreiben auf, was er ihnen diktiert, eine mühevolle und langwierige Angelegenheit. Nach einem Jahr ist Melzi klar, dass sein gesamtes Leben, selbst wenn er steinalt werden sollte, nicht ausreichen wird, um Ordnung in Leonardos Vermächtnis zu bringen. Er packt seine gesamte Erbschaft in eine große Kiste, verabschiedet sich vom französischen König und reist zurück nach Italien. Auf seinem Landsitz richtet er ein Zimmer ein, das er ganz und gar Leonardo widmet. Es ist genau das Zimmer, in dem sich Leonardo viele Jahre zuvor vor den Sforzas versteckt hatte.

Als Melzi genau fünfzig Jahre später stirbt, hat er die Arbeit an Leonardos Nachlass noch immer nicht beendet. Zwar hat er mehrere von dessen Schriften transkribiert, zu dem »Traktat über die Malerei« zusammengefasst und in Umlauf gebracht, doch kein weiteres von Leonardos Werken ist fertig zur Veröffentlichung, noch nicht einmal das über die Anatomie, dessen Publikation Leonardo so am Herzen gelegen hatte.

Was bleibt

Melzis Sohn steht Leonardos Hinterlassenschaft mehr als gleichgültig gegenüber. Die Zeichnungen und Notizen werden von nun an in alle Winde zerstreut, verkauft, zerschnitten und zerfleddert. Der Bildhauer Pompeo Leoni versucht einen großen Teil wieder zusammenzufügen, zerschneidet und klebt, um den riesigen Blätterhaufen mit unterschiedlichen Blattformaten als Codices zu organisieren, aber etwa die Hälfte der einst zehntausend Blätter ist zu diesem Zeitpunkt bereits verschollen und bleibt es bis heute.

Der mit 1 119 Seiten umfangreichste und bedeutungsvollste Codex ist der sogenannte »Codex atlanticus«, der sich heute in der Biblioteca Ambrosiana in Mailand befindet. Wer darin blättert, glaubt seinen Augen nicht trauen zu können und entdeckt eine Sammlung von Leonardos interessantesten technischen Erfindungen: eine Maschine, um auf dem Wasser zu gehen, eine Schnellbaubrücke, ein Auto, ein Flugschiff, einen Bagger und vieles andere mehr.

Noch immer reißen sich die Reichsten und Mächtigsten der Welt um Leonardos Nähe und nur ihnen ist es möglich: 1994 erwarb Bill Gates den »Codex Leicester«, ein 72-seitiges Dokument mit Notizen über Planeten, Fossilien und vieles andere für über dreißig Millionen Dollar. Es ist damit das teuerste Buch der Welt.

Leonardo gilt heute als eines der ungewöhnlichsten Genies aller Zeiten. Wären seine genialen Ideen und Erfindungen früher bekannt geworden, hätten sie die Welt ganz sicher verändert und die Zivilisation wäre rascher vorangeschritten.

»Er glich einem Menschen, der in der Finsternis zu früh erwacht war, während die anderen noch alle schliefen.« (Siegmund Freud über Leonardo da Vinci)

Zeitleiste

1452

Leonardo da Vinci kommt am 15. April als Sohn der Bauerstochter Caterina und des Notars Ser Piero da Vinci zur Welt. Leonardo und seine Mutter leben auf dem Land bei seinen Großeltern.

Johannes Gutenberg erfindet den »Druck mit beweglichen Lettern«. Eine schnelle Verbreitung von Büchern ist die Folge.

Das christliche Konstantinopel wird von Türken (Osmanen) belagert und erobert.

1464

Als sein Großvater stirbt, zieht Leonardo nach Florenz zu seinem Vater, der ihm eine Lehrstelle bei Andrea del Verrocchio vermittelt.

1472

In Verrocchios Werkstatt malt Leonardo zusammen mit anderen an der »Taufe Christi«. Sein Name wird in die Liste der Lukasgilde eingetragen: Leonardo ist jetzt fertig ausgebildeter Maler.

1473

Leonardo zeichnet die »Arnolandschaft«, die als das erste Landschaftsbild in die Geschichte der europäischen Kunst eingegangen ist.

Europäer erobern die Südhalbkugel der Erde: Portugiesen überqueren den Äquator in südliche Richtung.
Der Astronom Nikolaus Kopernikus wird geboren.

» ... heutzutage kann kein Künstler mehr mit diesem Genie verglichen werden ... **Andy Warhol**

Leonardo malt sein erstes eigenes Bild, die »Verkündigung«.

1474

Leonardo vollendet in diesem Jahr – so wird angenommen – die »Madonna mit der Nelke« und das »Porträt der Ginevra de'Benci«.

1477

Ludovico Sforza ernennt sich zum Herzog von Mailand.

Leonardo bewirbt sich bei Herzog Ludovico Sforza, bekommt von ihm eine Einladung und zieht nach Mailand.

1482

Leonardo erhält den Auftrag für ein Marienbildnis und malt die »Maria in der Felsengrotte«. Zudem plant er eine »ideale Stadt« und erfindet die erste Müllabfuhr.

1483–1486

In Mailand herrscht ab 1484 die Pest.

» Der Mensch ist das Modell der Welt.
Leonardo da Vinci

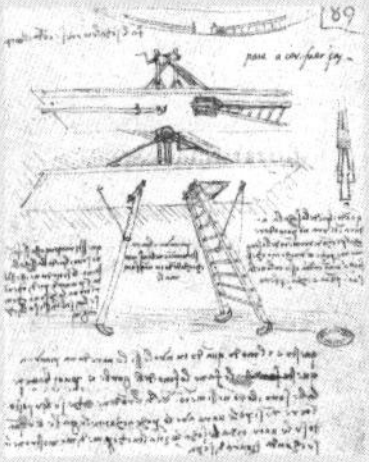

Leonardo macht erste Zeichnungen zu Fluggeräten.

1487

Der Herzog von Mailand erteilt Leonardo den Auftrag für ein überlebensgroßes Reiterstandbild. und das »Porträt der Cecilia Gallerani« entsteht.

1489

Leonardo arbeitet an seinen Proportionsstudien. In diesen Jahren entsteht der »Vitruvmann«.

1492

Christoph Kolumbus landet in Amerika. Martin Behaim fertigt den ersten Globus.

Das Tonmodell des Mailänder Reiterstandbilds ist vollendet.

1493–1494

Der Herzog von Mailand verwendet die Bronze, die für das Standbild vorgesehen war, für Kanonen. Die Medici werden aus Florenz vertrieben und der Bußprediger Girolamo Savonarola übernimmt die Führung.

»Armselig ein Schüler, der den Meister nicht übertrifft! **Leonardo da Vinci**

Leonardo beginnt mit dem Wandgemälde des »Abendmahls«.

1495

Französische Truppen fallen in Italien ein und verschwinden wieder.

In Venedig entwickelt Leonardo Strategien, um einen Angriff der Türken abzuwehren. Er reist weiter nach Florenz und macht Entwürfe zu »Anna Selbdritt«.

1499–1500

Die französischen Truppen kehren nach Mailand zurück, Herzog Ludovico Sforza flieht. Kurzzeitig erobert er Mailand zurück, wird dann aber endgültig von den Franzosen geschlagen.

Leonardo arbeitet an der »Madonna mit der Spindel« und der »Anna Selbdritt«.

1501

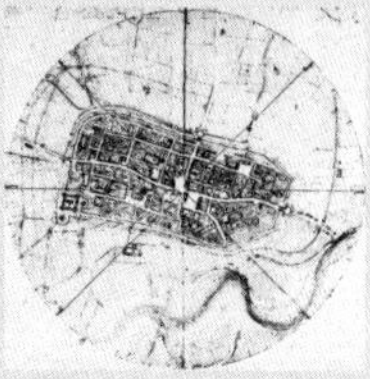

Für Cesare Borgia entwirft Leonardo einen Plan der Stadt Imola, den ersten Stadtplan der Welt.

1502

Im Haus Borgia ist eine Verschwörungsintrige im Gange.

»… ein Modell menschlicher Perfektion

Goethe über Leonardo

In Florenz beginnt Leonardo mit der Arbeit an der »Mona Lisa«.

1503

Cesare Borgias Vater, Papst Alexander VI., stirbt. Sein Nachfolger, Julius II., entmachtet Cesare und Cesare flieht.

Leonardo beginnt mit der »Schlacht von Anghiari«.

1504

Ein möglicher Flugversuch mit einer von Leonardo erdachten Flugmaschine am Monte Ceceri scheitert.

1505

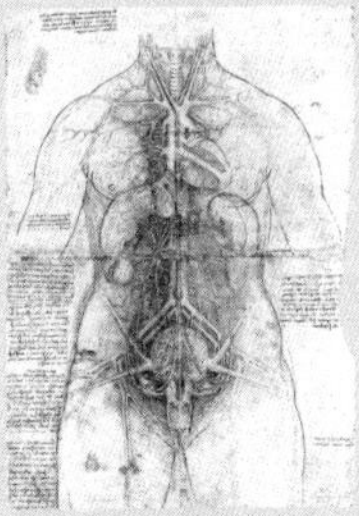

Im Krankenhaus Santa Maria Nuova in Florenz führt Leonardo anatomische Studien an einem verstorbenen alten Mann durch.

1507

Auf der Weltkarte des Kartografen Martin Waldseemüller taucht erstmalig der Name »America« für den neu entdeckten Kontinent auf.

» Wer sie nur kurz gesehen hat, kann sie nie wieder vergessen. **George Sand über die »Mona Lisa«**

Leonardo zieht nach Rom. Leo X. wird Papst. Sein Bruder, Giuliano II. de'Medici, wird Leonardos Förderer.

1513

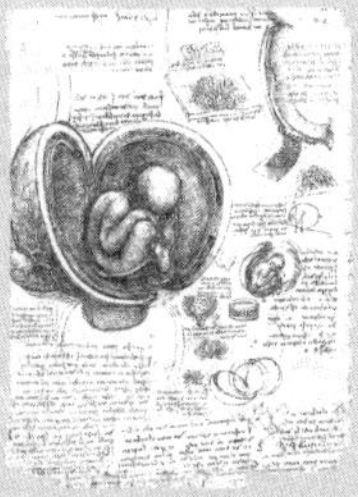

Leonardo lernt Franz I., den König von Frankreich, kennen und zieht nach Amboise an den französischen Königshof.

1515–1516

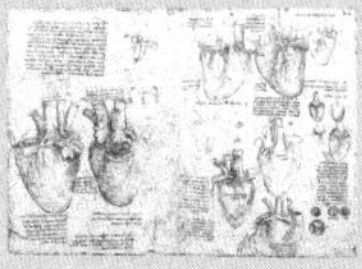

Leonardo erleidet einen Schlaganfall und ist danach halbseitig gelähmt.

1517

Martin Luther veröffentlicht seine 95 Thesen und leitet damit eine grundlegende Veränderung (Reformation) der Kirche ein.

Am 2. Mai stirbt Leonardo und wird in Amboise beerdigt.

1519

Die Kunstwerke in diesem Buch

Auf Cover und Titelseite:
Turiner Selbstporträt, um 1512. Biblioteca Reale, Turin

S. 6
Verkündigungsengel, Ausschnitt aus der Abb. S. 34

S. 13
Studie eines Embryos, 1510–1513. Windsor Castle, Royal Library, Windsor

S. 14
Studie der inneren Organe einer Frau, um 1507. Windsor Castle, Royal Library, Windsor

S. 17
Studie eines menschlichen Herzens, 1512

S. 33
Taufe Christi, um 1475. Uffizien, Florenz

S. 34
Verkündigung, 1470–1475. Uffizien, Florenz

S. 37
Mona Lisa, 1502–1503. Louvre, Paris

S. 40
Ginevra de'Benci, 1476. National Gallery, Washington

S. 46
Cecilia Gallerani, um 1489. Czartoryski Museum, Krakau

S. 48
Maria in der Felsengrotte, um 1495–1599 und 1506–1508. National Gallery, London

S. 50
Entwurf für das Sforza-Monument, um 1488. Windsor Castle, Royal Library, Windsor

S. 59
Studie für Schutzschilde für Soldaten sowie einer explodierenden Bombe, um 1485–1488. École nationale supérieure des Beaux-Arts, Paris

S. 62
Skizze von Isabella d'Este, 1500. Louvre, Paris

S. 65
Madonna mit der Spindel, 1501. Kopie von Giacomo Salai (?) nach einem Enwurf von Leonardo da Vinci. Original ist verschollen

S. 66/67
Das letzte Abendmahl, 1497. Refektorium des Klosters Santa Maria della Grazie, Mailand

S. 68
Anna Selbdritt, um 1510. Louvre, Paris

S. 70
Entwurf für ein Wurfgeschoß aus dem »Codex Atlanticus«. Biblioteca Ambrosiana, Mailand

S. 75
Stadtplan von Imola, um 1502. Museo Vinciano, Vinci

S. 78
Studien über den Vogelflug. Biblioteca Reale, Turin

S. 79
Plan eines gerippten Flügels. Institut de France, Paris

S. 80
Entwurf einer Flugmaschine, 1488. Institut de France, Paris

S. 83
Entwurf eines Hubschraubers

S. 94
Entwurf für das Trivulzio-Monument, 1508–1511. Windsor Castle, Royal Library, Windsor

Die Deutsche Nationalbibliothek verzeichnet diese Publikation in der Deutschen Nationalbibliografie; detaillierte bibliografische Daten sind im Internet über http://dnb.d-nb.de abrufbar.

Prestel Verlag, München
in der Verlagsgruppe Random House GmbH
www.prestel.de

Projektleitung: Doris Kutschbach
Lektorat: Rahel Goldner
Bildredaktion: Miriam Heymann
Umschlaggestaltung & Typografie: Magdalene Krumbeck
Herstellung: Nele Krüger
Art Direction: Cilly Klotz
Lithografie: Reproline Mediateam, München
Druck und Bindung: Tlačiarne BB, spol. sr.o.

FSC
Mixed Sources
Product group from well-managed forests and other controlled sources
Cert no. SGS-COC-004236
www.fsc.org
© 1996 Forest Stewardship Council

Verlagsgruppe Random House FSC-DEU-0100
Das für dieses Buch verwendete FSC-zertifizierte Papier
Tauro Offset liefert M-real Zanders, Gohrsmühle, Bergisch Gladbach

ISBN 978-3-7913-7022-4